Heinz Körner & Roland Kübler

Wieviele Farben hat die Sehnsucht

– Ein Märchenbuch –

mit Beiträgen von Manfred Eichhorn
Wolfram Eicke · Bert Losse · Pet Partisch

illustriert von Herbert Deinhard
Swami Prem Joshua · Ralph Schröder

1. Auflage Mai 1986
2. Auflage August 1986
3. Auflage Dezember 1986
4. Auflage Mai 1987
5. Auflage September 1987
6. Auflage März 1988
7. Auflage Januar 1989
8. Auflage Oktober 1989
9. Auflage März 1990
10. Auflage August 1990
11. Auflage März 1991
12. Auflage Dezember 1991
13. Auflage April 1992
14. Auflage November 1992

Postfach 1106, 7012 Fellbach.

Titelillustration: Anthea Fritsch.
Illustrationen: Herbert Deinhard, Ralph Schröder.
Layout: Heinz Körner.
Herstellung: J. F. Steinkopf Druck + Buch GmbH, Stuttgart.

ISBN 3-922028-12-8

Heinz Körner

Der alte Zigeuner

Es war eine schmucke, saubere und ordentliche kleine Stadt. Das Leben der Bewohner verlief in geregelten Bahnen, die nur selten durch eine unliebsame Störung unterbrochen wurden. Und alle in der Stadt waren bemüht, diese so beruhigende Ordnung auf keinen Fall zu gefährden oder in Frage zu stellen.

In jedem Sommer ließen sich Zigeuner für ein paar Tage am Rande dieser kleinen Stadt nieder. Da sie sich in den normalen Gang der Dinge einfügten und keine Unordnung brachten, wurden sie zwar meist argwöhnisch beäugt, aber immerhin geduldet. Die Frauen kauften bei ihnen Stoffe und Korbwaren und besuchten heimlich, ohne daß es ihre Männer wußten, die alte Zigeunerin mit der Kristallkugel und den Tarotkarten. Die Männer bewunderten mancherlei Vorführungen und Kunststücke und besuchten heimlich, ohne daß es ihre Frauen wußten, ebenfalls die alte Wahrsagerin. Und die Kinder strichen neugierig und aufgeregt um die Wagen der Zigeuner herum. Hier roch es nach Abenteuer und Fernweh – und vor allem kam nach ein paar Tagen immer der alte Roman aus seinem Wagen, von den Kindern sehnsüchtig erwartet.

Roman war ein alter Zigeuner mit wildem Haar, noch wilderen Augen und einem imposanten Schnurrbart. Er redete im allgemeinen wenig, doch wenn er zu erzählen begann, dann war es, als entführte er seine Zuhörer zu atemberaubenden Abenteuern in ferne Länder – nicht selten waren sie in den Herzen der Zuhörer, mehr als ihnen vielleicht bewußt war. Unmerklich wurden die Kinder durch Romans spannende Geschichten reicher und erfahrener. Deshalb waren es wohl auch nicht nur seine Erzählungen, von denen sie sich so sehr angezogen fühlten, sondern auch eine seltsame, scheue und doch innige Liebe zu diesem alten Zigeuner.

Mit den Jahren merkten das auch die Eltern. Doch war es ihnen nie notwendig erschienen, dem allzu viel Bedeutung beizumessen. Mit der Zeit spürten sie aber, daß da noch mehr war und in ihren Kindern Gedanken reiften, die manches von der Ordnung in ihrer Stadt stören könnten. So besprachen sie eines Tages, ob sie ihren Kindern die Besuche bei Roman verbieten sollten. Allerdings wußten sie auch, daß Kinder Verbotenes eben heimlich tun. Die andere Möglichkeit wäre, das fahrende Volk von ihrer Stadt fernzuhalten. Sie wußten jedoch nicht, wie sie das den Zigeunern erklären sollten. Irgendeine an den Haaren herbeigezogene Begründung sollte dafür nicht herhalten, denn Anstand und Ehrlichkeit galten viel in dieser Stadt.

Der Rat der Stadt wurde deshalb gebeten, sich etwas einfallen zu lassen. Und die Ältesten fanden, es sei ratsam, Roman einfach die Probleme und Befürchtungen vorzutragen und zu fragen, ob es denn nicht möglich wäre, den Kindern keine Geschichten mehr zu erzählen.

Drei Ratsmitglieder sprachen deshalb eines Tages gemeinsam bei Roman vor und baten höflich um Gehör. Der erste trat vor und sagte: „Ohne Euch, verehrter Roman, zu nahe treten zu wollen, so wäre es uns doch recht, wenn Ihr und Eure Freunde für ein paar Jahre an unserer Stadt vorbeiziehen könntet. Ihr wißt, wir sind jedem Besucher gegenüber aufgeschlossen, aber manchmal gibt es eben Dinge, die einen zwingen, Besucher, wenn auch ungern, so doch abzuweisen. Ihr versteht, was ich meine?"

Roman nickte und schwieg eine Weile. Dann begann er: „Bei uns Zigeunern gibt es eine Geschichte, mit welcher ich Euch antworten möchte, hohe Herren. Mag sein, daß es so war, mag sein, daß es nicht so war: Eine Frau hatte in der Nacht geträumt, daß der liebe Gott sie gerne besuchen möchte. Sie freute sich und begann gleich am frühen Morgen, ihre Wohnung schön herzurichten, kochte schmackhafte Speisen und bereitete leckere Kuchen. Natürlich zog sie ihr schönstes Gewand an, um Gott zu gefallen. Als alles soweit fertig war, klopfte es an ihrer Türe. Aufgeregt öffnete sie, aber es war nur ein armer Bettler, der um eine milde Gabe bat. ‚Guter Mann', sagte sie zu ihm, ‚ich erwarte hohen Besuch und kann dich wirklich nicht brauchen. Bitte laß mich in Ruhe'. Wenig später klopfte es wieder. Und dieses Mal stand ein Zigeuner vor der Tür, der etwas verkaufen wollte. Auch ihn wies die junge Frau ab. Schließlich klopfte es ein drittes Mal, und es war ein Ratsherr, der etwas Wichtiges mit ihr besprechen wollte. Da sagte die Frau: ‚Ich bin wirklich aufgeschlossen für jeden Besucher und ganz besonders für die Ratsherren unserer Stadt. Aber es gibt manchmal Umstände, die einen zwingen, auch einmal einen Besucher abzuweisen. Heute ist bei mir ein solcher Fall, bitte habt dafür Verständnis und laßt mich in Ruhe'. So wartete sie weiter auf ihren hohen Besuch, bis es Nacht wurde und Gott noch immer nicht gekommen war. Schließlich schlief sie enttäuscht ein und träumte wieder: ‚Drei Mal habe ich heute bei dir angeklopft', sagte Gott im Traum zu ihr, ‚und drei Mal hast du mich abgewiesen.' Und deshalb, Ihr hohen Herren, gibt es bei dem fahrenden Volk den Grundsatz, keinen Besucher abzuweisen, denn niemand kann wissen, ob es nicht sogar der liebe Gott selbst ist."

Der erste Ratsherr dankte höflich für die Antwort und trat nachdenklich zurück. Der zweite begann nun: „Verehrter Roman, Eure Geschichte wird uns zu denken geben, doch es gibt noch andere Dinge, die uns zu dieser Vorsprache zwingen. Ihr wißt ja, daß wir eine christliche Stadt sind. Nun pflegt Ihr unseren Kindern Geschichten zu erzählen, die manchmal etwas unchristlich erscheinen. Auch deshalb wäre es angebracht, unsere Kinder für ein paar Jahre vor diesen Geschichten zu bewahren, meint Ihr nicht auch?"

Wieder nickte Roman und wieder sagte er, daß er mit einer Geschichte antworten wolle: „Mag sein, daß es so war, mag sein, daß es nicht so war, auf jeden Fall ist es noch gar nicht lange her, da besuchte Gottes Sohn wieder einmal die Erde, um zu sehen, wie es sich heute unter christlichen Menschen lebt. Er war angetan davon, daß in jeder Stadt wenigstens ein Gotteshaus stand, in welchem Gemälde und Standbilder davon zeugten, wie sehr man ihn verehrte. Frohen Mutes wandte er sich an die Menschen, um mit ihnen zu sprechen und ihnen zu predigen. Da geschah etwas Seltsames: Immer wenn er seinen Namen nannte, wandten sich die Menschen von ihm ab, tippten sich an die Stirn oder lachten ihn aus. Jesus wunderte sich sehr und begriff das alles nicht. Dennoch begann er auf großen Plätzen zu predigen. Doch da erging es ihm ähnlich. Manches Mal wurde er beschimpft oder gar bedroht, nannte man ihn einen Herumtreiber, der sich erst einmal waschen und die Haare schneiden solle. Hier führe man ein ordentliches und christliches Leben und könne Leute wie ihn nicht brauchen. Er war vollkommen verwirrt, weil er doch genau so aussah, wie er überall dargestellt wurde. Er verstand nicht, was auf einmal an seinem Äußeren auszusetzen war. In seiner Ratlosigkeit wandte er sich an einen Geistlichen und bat für das alles um eine Erklärung. Dieser hörte ihm wenigstens geduldig zu, lud ihn ein, bei ihm zu verweilen, gab ihm zu essen und zu trinken. Doch schon nach kurzer Zeit kamen einige weiß gekleidete Männer in das Haus des Priesters und nahmen Jesus mit, angeblich um ihm zu helfen. Doch sie sperrten ihn in ein großes Haus für Menschen, die an Geist und Seele krank waren. Also beschloß er, ein paar Wunder zu tun und einige der Kranken zu heilen. Noch ehe er damit beginnen konnte, wurde er gefesselt und mit eigenartigen Spritzen traktiert, bis er sich nicht mehr gegen den Schlaf wehren konnte. Da beschloß er verwirrt und enttäuscht, die Erde wieder zu verlassen und darüber nachzudenken, was die Menschen mit ihrem Christentum wirklich meinen. Mit seinen Lehren hatte das alles ja wirklich nichts zu tun. Und deshalb", so schloß Roman, „gibt es bei uns Zigeunern den Spruch, daß nur der sich christlich nennen solle, der auch wirklich im Sinne von Gottes Sohn lebt und handelt."

Betroffen trat der zweite Ratsherr zurück und vergaß sogar, sich zu bedanken. Doch nun kam der dritte an die Reihe und sagte mit fast schüchterner Stimme: „Im Grunde, lieber Roman, geht es uns nur darum, daß wir befürchten, Ihr könntet mit Euren Geschichten unsere Kinder verderben und ihre Erziehung stören, wenn Ihr versteht, was ich meine. Könntet Ihr nicht doch unsere Stadt meiden, wenigstens für ein paar Jahre?"

Dieses Mal lachte Roman und sagte: „Wißt Ihr, hohe Herren, dazu fällt nicht einmal mir eine Geschichte ein. Ich will Euch einmal etwas sagen: Es stimmt, ich erzähle Euren Kindern viele seltsame Geschichten, so wie auch Ihr zwei Geschichten gehört habt. Aber diese Geschichten verderben nicht, sondern sie heilen. Wenn ich mit Euren Kindern beisammensitze, dann erzähle nicht nur ich, sondern sehr oft höre ich den Geschichten Eurer Kinder zu, wenn sie nach ein paar Märchen selbst zu reden anfangen. Und das sollTet auch Ihr einmal tun: Hört nur einen Tag lang Euren Kindern aufmerksam zu! Ihr alle erzieht Eure Kinder zwar dazu, ständig auf Euch zu hören, Euch im wahrsten Sinne des Wortes zu gehorchen, doch Ihr habt keine Ohren mehr für sie. Wenn Ihr das einmal versucht und dann noch immer der Meinung seid, daß meine Geschichten Eure Kinder verderben, dann will ich nie wieder in Eure schöne Stadt kommen, so wahr ich Roman heiße!"

Ob man es nun glaubt oder nicht, damals waren Ratsherren wirklich noch Menschen, die anderen aufmerksam zuhörten und deren Argumente bedachten. So dankten die drei aufrichtig, kehrten nachdenklich in die Stadt zurück und berichteten von ihrem Gespräch mit dem alten Zigeuner.

Am nächsten Tag waren die Zigeuner und mit ihnen der alte Roman verschwunden. Die Kinder waren enttäuscht und verwundert, weil die Zigeuner sonst immer länger dageblieben waren. Aber sie trösteten sich bald damit, daß der nächste Sommer auch wieder die Zigeuner und Roman zu ihnen bringen würde.

Ein Jahr später waren sie wirklich wieder da, auch die Wahrsagerin und der alte Roman. Als dieser zum ersten Male aus seinem Wagen trat, bemerkte er mitten unter den Kindern die drei Ratsherren, mit denen er vor einem Jahr gesprochen hatte. Und es waren auch noch ein paar andere Erwachsene da. Zuerst wußte Roman nicht so recht, was er nun davon halten sollte. Doch dann sah er die frohen und erwartungsvollen Gesichter der Kinder und die etwas unsicheren, aber gespannten Augen der Erwachsenen. Da lächelte er auf einmal still vor sich hin und begrüßte sie alle mit dem Anfang einer ganz neuen Geschichte: „Es mag sein, daß es so war, es mag sein, daß es nicht so war, wer weiß das schon, doch eines Tages ..."

Roland Kübler

Der Gesang des Wales

In ferner Vergangenheit, so weit zurück, daß nur noch spärliche Strahlen unserer Erinnerung jene Zeit erleuchten, lebte ein Volk an den Ufern eines gewaltigen Meeres. Die Menschen waren einfach und genügsam. Erde und Wasser gaben ihnen alles, was sie zum Leben brauchten. Zweimal im Jahr, immer kurz vor der Sonnenwende, fuhren die Jäger des Dorfes in ihren kleinen Booten aus der Bucht auf das offene Meer hinaus, um einen Wal zu jagen. Sie waren immer erfolgreich, denn der weite Ozean bot Platz für viele Wale. Danach feierten Alte und Junge gemeinsam das Fest der Sonnenwende am Ufer des Meeres und sangen ihre Dankeslieder hinaus in die endlose Weite des Wassers.

So hätte es noch viele Jahre gehen können. Doch eines Tages kamen dickbäuchige Händler über das Land und sie boten Gold und Pelze für das Fleisch und Fett der Wale. Gier glitzerte nun in den Augen der Männer. Sie bauten große Schiffe und lauerten das ganze Jahr im Meer vor der Bucht. Die Dankesgesänge für die Wale gerieten rasch in Vergessenheit. Bald konnten sich nur noch wenige Alte an die Zeit vor dem großen Waljagen erinnern. Die Feste der Sonnenwende wurden zwar immer noch gefeiert, aber oftmals hatte sich in den Tagen zuvor das Wasser der Bucht rot gefärbt vom Blut der gemordeten Wale.

An einem dieser Feste nun geschah es: Irgendwann in der Nacht – die Händler waren schon händereibend weitergezogen – trug der Wind aus der schwarzen Weite des Ozeans eine tiefe, dunkle, geheimnisvolle Melodie an die Feuerstellen. Die Alten horchten auf und schüttelten sich den Schlaf aus den Haaren: „Der Wal singt wieder“, murmelten sie bedeutungsvoll und starrten unsicher auf das nachtschwarz schimmernde Meer. „Die Alten spinnen mal wieder“, lallten die betrunkenen Jäger und wankten mit ihren Decken in die Zelte.

Nur zwei der Jäger, Jorge und Amina, blieben bei den Alten zurück. Diese wärmten sich am Feuer und erzählten die fast vergessenen Überlieferungen. Geheimnisvoll knackte und knisterte das Holz, während eine der zahnlos vor sich hinmurmelnden Greisinnen in die Flammen starrte und begann: „Vor vielen Generationen – so lange her, daß wir nicht mehr zählen können, wie oft der Mond sein Gesicht wechselte – lebten die Menschen und Wale zusammen wie Brüder und Schwestern. Diesen Gesang, den ihr gerade gehört habt, konnten unsere Ahnen verstehen und mitsingen. Die Väter unserer Väter und deren Väter sprachen mit den Walen wie mit Menschen aus ihrem Volk. Unser Volk wurde von den Walen durch wilde Gesänge gewarnt, wenn Springfluten das Dorf bedrohten, und mit traurigen, wenn die Winter hart und entbehrungsreich über Land und Meer fielen. Generation um Generation sangen sie ihre Lieder mit unserem Volk. Als die Händler kamen und die Jäger Wale schlachteten wie Hühner, verstummte der Gesang. Heute hören wir ihn zum ersten Mal wieder."

Dann war es lange Zeit still an den Feuerstellen, und die Alten schauten ein wenig betreten auf die Erde oder hinaus in die Endlosigkeit des Meeres. Schließlich hüstelte einer von ihnen verlegen, scharrte mit den Füßen einige kleine Steine zusammen und meinte dann: „Leider ist es so, daß wir die Sprache der Wale schon lange nicht mehr verstehen. Wir hören nur ehrfurchtsvoll den Gesang. Der Wal ist da und will uns etwas sagen – wir verstehen ihn aber nicht mehr."

Jorges Blick verlor sich im verglimmenden Feuer und Aminas Stirnnarbe pochte vor Aufregung und leuchtete rot.

Am nächsten Morgen fuhren die beiden Männer mit ihrem kleinen Boot hinaus in die Bucht. Die See wälzte sich grau wie flüssiges Blei, und die Sonne versteckte sich noch auf der anderen Seite der Welt. Der frühmorgendliche Himmel hatte die Farbe frischgeschlagener Buttermilch, und Meer und Erde schwiegen. Am frühen Vormittag, die Sonne fand noch nicht die Kraft, den festgeknüpften Wolkenteppich zu durchdringen, waren die beiden auf dem offenen Meer. Langsam, doch gewaltig und voller Kraft, zogen die salzigen Wellen ihren nie unterbrochenen Weg. Keine Möwe krächzte über ihnen, und ihr Dorf war nur noch als kleiner Punkt am diesigen Horizont zu erkennen.

Jorge und Amina wußten nicht so recht, was sie jetzt tun sollten. Sie waren aufgebrochen, um die Geschichte der Alten zu überprüfen. Aber wie sollten sie jetzt den Wal rufen? Jorge versuchte es mit den wenigen überlieferten Liedern seines Volkes, die er noch kannte. Vielleicht würde der Wal sich erinnern und darauf antworten – aber das Meer blieb ruhig und rollte sich behäbig im leichten Wind. Amina griff zu seiner kleinen Flöte. Zögernd und vorsichtig legte sich eine feingesponnene Melodie auf die Wellen und ließ sich von diesen forttragen. Immer dichter und kräftiger wob Amina seine Töne, bis sie schließlich eins wurden mit dem Rhythmus des Meeres und dem Takt der Wellen. Amina hatte die Augen geschlossen, seine Stirnnarbe pochte und leuchtete, und auch er schien sich mittragen zu lassen vom geheimnisvollen Miteinander seiner Melodie und der Kraft der Wellen. Und plötzlich hörten die beiden aus der dunklen Tiefe unter sich eine Antwort. Töne trieben zu ihnen empor, stiegen über das Wasser und verknüpften sich mit Aminas Musik. Es war nichts Fremdes in diesen Tönen, nichts Gefährliches oder Bedrohliches. Nein, im Gegenteil, die kleinen Gischtkronen der Wellen tanzten zu diesem Rhythmus wie Kinder in einem fröhlichen Sommerregen.

Und dann brach die Oberfläche des Meeres entzwei. Es schien, als würde sich die Erde teilen.

Der Wal war da.

Und es gab nichts mehr außer ihm, was von Bedeutung gewesen wäre. Der Wind verstummte, und die Wellen standen still in der Zeit. Amina hielt die Flöte in den Händen, seine Stirnnarbe pochte und klopfte vor Aufregung und Freude. Der Gesang des Wales legte sich wie ein schweres, warmes Tuch über das Boot, die beiden Männer und das Meer.

Die Melodie brach in Jorge und Amina ein und wischte alles weg, was vorher dagewesen war. Nichts existierte mehr außer diesem Gesang. Nichts hatte mehr Bedeutung und nichts würde nach diesem Moment wieder so sein wie zuvor. Der Wal kam langsam näher, und das Boot wirkte klein und zerbrechlich neben diesem gewaltigen Kopf, der sich fast zärtlich am Bootsrand rieb.

Das Auge des Wales war jetzt auf ihrer Höhe. Der Gesang verstummte. Lange Zeit lag der Meeresriese so neben ihnen, und sein

Blick leuchtete jeden noch so geheimen Winkel der beiden Menschen aus. Und dann begann er wieder zu singen. Die Melodie strömte aus dem Innersten des riesigen Körpers. Die zwei Jäger in ihrem kleinen Boot verstanden den Wal. Jeder Ton öffnete ihre Herzen ein wenig mehr. Der Wal sang ihnen die Geschichte seines Volkes und berichtete von grauenvollen Morden und blutigem Gemetzel. In ihm waren die Todesmelodien seiner Freunde, Brüder und Schwestern. Aber auch die hoffnungsvollen Gesänge der

Überlebenden sowie seine eigene Zuversicht. Jorge und Amina verstanden alles. Sie weinten mit dem Wal, wenn dieser trauerte, und freuten sich mit ihm, wenn seine Flosse sich gewaltig aus den Fluten hob.

Schon längst hatte die Sonne ihren höchsten Punkt überschritten, und im Westen färbte sich das undurchsichtige Zinn des Meeres langsam schimmernd rot wie gehämmertes, noch heißes Kupfer. Der Wal hatte seinen Gesang beendet und lag still neben dem Boot. Dann richtete er sich mit einem sanften Ruck hoch aus dem Meer und beugte sich nach vorne. Die gewaltige Schwanzflosse schien den Himmel auszulöschen. Ohne das Meer aufzuwühlen, verschwand er in der Tiefe.

Aminas Stirnnarbe pulsierte in einem stillen Rot. Er nahm die Flöte, und während Jorge zurück ins Dorf ruderte, spielte er dem Wal die Melodie seines Verstehens.

Es war Nacht, als die beiden ihr Boot an den Strand des Dorfes zogen. Der Mond strich mit silberner Hand über die Wellen, und die Hunde bellten erfreut die beiden Heimkehrer an. Das ganze Dorf: Männer, Frauen, Kinder, Alte und Junge – alle saßen um ein großes Feuer. Es war wie beim Fest der Sonnenwende. Und doch: Etwas war anders.

Niemand sprach ein Wort. Erst als Jorge und Amina sich ans Feuer setzten, sprach sie einer der Alten an: „Der Wal hat den ganzen Tag gesungen. Das gab es noch nie. Was habt ihr erlebt?“ Die beiden berichteten so gut sie konnten, und die Menschen hörten gebannt zu. Die Alten nickten bedächtig. Die jungen Jäger schüttelten die Köpfe und manchmal kicherten sie ein wenig.

Als Jorge und Amina verstummten, regte sich lange nichts. Die meisten Dorfbewohner saßen einfach nur da und schauten gedankenverloren ins Feuer. Schließlich richtete sich einer der Alten ein wenig auf: „Ihr habt die Geschichten und Mythen unserer Ahnen wieder gefunden. Dafür sei euch Dank. Nun aber liegt es an uns, sie zu verstehen, zu bewahren und weiter zu verbreiten.“ Ein junger Jäger erhob sich: „Unsinn ist das“, begann er wütend. „Alte Geschichten! Mythen! Warum habt ihr ihn nicht getötet? Die

Händler hätten uns gut dafür bezahlt!“ Eine schlohweiße Alte richtete sich mühsam auf und deutete mit einem knochigen Finger auf ihn: „Wie kannst du es wagen, ein Geschöpf zu töten, das viele Generationen älter ist als du und mehr Wissen von der Welt hat, als du jemals haben wirst?“ Wieder sprang der Jäger auf und schüttelte wild seine Harpune: „Ich wage es, weil ich einen guten Preis dafür bekomme! Und habt ihr Alten nicht auch schon immer Wale getötet?“ Die Greisin sah den Jäger mitleidig an: „Ja“, sagte sie dann und setzte sich ächzend wieder ans Feuer, „auch wir haben Wale getötet, aber nicht um sie zu verkaufen, sondern um Nahrung für den Winter zu haben.“ Aminas Narbe auf der Stirn war angeschwollen vor Wut: „Wenn du bei uns im Boot gewesen wärst und den Gesang des Wales gehört hättest, dann würdest du jetzt auch verstehen!“ „Blödsinn“, murmelte der Jäger, senkte dann aber den Kopf und setzte sich wieder hin. „Fahr morgen mit uns hinaus“, fuhr Amina fort. „Ihr alle, die ihr es nicht glaubt, kommt morgen mit – vielleicht könnt ihr dann verstehen.“ Noch lange saßen in dieser Nacht Männer und Frauen, Alte und Junge am Feuerplatz des Dorfes und sprachen aufgeregt miteinander.

Früh am nächsten Morgen versammelten sich die Dorfbewohner am Strand bei den Booten. Fast alle fuhren mit hinaus aufs offene Meer. Wie am Tag zuvor spielte Amina auf der Flöte, und wieder teilte sich das Meer, und die Welt stand still, als der Wal erschien. Er lag da, sah die Menschen in ihren Booten, und sein Gesang war mächtig und stark. Noch während er sang, teilte sich hinter ihm das Meer und wieder und wieder. Hunderte von Walen brachen die Wellen, und das Meer tobte und schäumte.

„Ein ganzes Rudel Wale!“ schrien die jungen Jäger. „Schaut sie euch an! Schnell, die Harpunen! Los Männer! Rudert! Rudert!“

Entsetzt legte Amina die Flöte zur Seite. Die Narbe an seiner Stirn war blutleer und glänzte wie ein kalter Wintermond. „Nein!“ brüllte er. Und nochmals: „Nein! Das könnt ihr nicht! Das dürft ihr nicht tun!“

„Sei ruhig, du Spinner!“ lachten die Jäger zurück. „Die Händler warten schon auf dieses Fleisch und Fett!“ Mit wilder Anstrengung tauchten die Jäger ihre Ruder ins Wasser und trieben das Boot auf den großen Wal zu. Am Bug stand ein junger Jäger. Die Harpune in seinen Händen glänzte gefährlich. „Schnell, Jorge!" Amina griff nach den Rudern. „Wir müssen ihnen den Weg abschneiden!" Hastig brachten die beiden ihr Boot zwischen den Wal und die Jäger. Aber sie waren nicht schnell genug. Wie eine Feder hatte sich der Jäger nach hinten gebogen. Die Harpune schien auf die Sonne zu zielen, dann schnellte der Jäger nach vorne, und mit aller Kraft schleuderte er die Waffe gegen den Wal. Zischend und züngelnd folgte der Harpune das dicke Seil. Mit einem dumpfen Klatschen bohrte sich das geschmiedete Eisen in den mächtigen grauen Rücken des Wales. Ein entsetzlicher Ton dröhnte dumpf aus dem Leib des Wales und bohrte sich in Aminas Herz. „Ich hab ihn!" schrie der Jäger. Gier glitzerte in seinen Augen. „Leute, ich hab ihn. Laßt das Seil laufen, er wird uns nicht mehr entkommen!" Das Wasser begann sich rot zu färben. Die Schreie des Wales stiegen mit einer blutigen Wasserfontäne in die Luft.

„Das Seil!" Amina warf die Ruder weg. „Ich muß das Seil zerschneiden, sonst werden sie ihn töten!" Sein langes Messer zwischen den Zähnen, sprang er ins kalte Wasser und schwamm zu dem gespannten Seil zwischen dem flüchtenden Wal und dem Boot der Jäger. Mit einer Hand klammerte er sich krampfhaft an das dicke Tau, und während er immer wieder unter die Wellen gezogen wurde, zerschnitt er Strick um Strick das Seil, an dem der Wal gefangen war. Die Jäger brüllten vor Wut und drohten mit geballten Fäusten. Aber keiner wagte, noch eine Harpune zu werfen aus Angst, Amina zu treffen. Endlich hatte dieser den letzten Strick durchschnitten, und der Wal schoß befreit hinaus in die Weite des Meeres. Amina hing erschöpft am Tau, und der Wal zog ihn hinter sich her. Jorge stand in seinem kleinen Boot, die Flöte Aminas in der Hand und weinte. Die Jäger waren verstummt, und ihre Boote trieben kraftlos im aufgewühlten Wasser.

Es war schon fast Nacht, als sie Jorges Boot ins Schlepptau nahmen und zurück ruderten. Jorge saß die ganze Fahrt über teilnahmslos da und starrte hinaus auf das Meer.

Die Zeit läßt sich nicht aufhalten. Das Leben im Dorf ging weiter. Die Tage wurden kürzer, die Kraft der Sonne schwand, und ein langer dunkler Winter legte sich über das Dorf, das Land und das Meer. Jorge war ein anderer geworden. Oft saß er stundenlang unten bei den Booten, die der Winter mit einem dicken Eismantel umhüllt hatte. Die Bucht lag schweigend und erstarrt, und der trübe, schneeschwere Himmel verdeckte den Blick aufs offene Meer.

Dann endlich kehrte die Sonne mit neuer Kraft zurück. Das trockene Eis der kleinen Bäche barst, und die Bucht schälte sich langsam aus dem dicken Panzer des Winters. Die ersten Blumenknospen drängten sich vorwitzig aus der inzwischen dünnen Schneedecke, und die Vögel kamen von langer Reise, um ihre Nester zu bauen.

Jeden Tag fuhr Jorge mit seinem kleinen Boot aus der Bucht hinaus auf das offene Meer. Dort legte er die Ruder ins Boot, ließ sich treiben und spielte auf der Flöte Aminas. Erst spät am Abend kehrte er ins Dorf zurück und setzte sich zu den anderen ans Feuer. Diese sahen ihn erwartungsvoll an, aber Jorge sprach kein Wort. Einige Zeit vor dem Fest der Sonnenwende erlegten die Jäger einen Wal, und das Dorf feierte den glücklichen Fang. Am Sonnwendfest standen Alte und Junge am Meer. Das große Feuer leuchtete und warf zuckende Schattenspiele auf die Wellen. Die Menschen sangen die alten Dankeslieder für die Wale. Still und aufmerksam horchten sie danach hinaus auf das Meer – doch außer dem gleichmäßigen Murmeln der Wellen hörten sie nichts.

Am nächsten Morgen fuhr Jorge, wie üblich, allein hinaus vor die Bucht. Er spielte Flöte, wie Amina sie gespielt hatte, und die Töne füllten die Stille des Meeres. Und als er einmal aufhörte, um eine kleine Pause zu machen, hörte er, wie tief unter ihm seine Melodie fortgesetzt wurde. Es war ein dünner, zarter Gesang, den Jorge hörte, anders als die machtvolle Stimme des alten Wales. Er griff wieder zur Flöte und spielte, wie er noch nie in seinem Leben gespielt hatte und wie er nie wieder danach spielen würde. Sein Herz und seine Seele zeichnete er in Tönen auf das Wasser und in den glasigen Himmel. Und dann kam eine Antwort, die er kannte. Das war die Melodie des alten Riesen, und sie war nahe, sehr nahe.

Und wieder teilte sich das Wasser und die Welt. Und der Wal war da. Er lag still. Jorge setzte die Flöte ab, denn da war noch ein anderer Ton im Wasser: jene dünne, zarte Musik, die er zuvor gehört hatte. Jorge schaute angestrengt hinüber zu dem alten Wal, auf dessen Rücken eine dicke Narbe zu sehen war. Dieser rührte sich nicht. Doch dann sah Jorge neben der gewaltigen Schwanzflosse des mächtigen Alten eine Bewegung. Prustend und zischend blies dort ein anderer Wal eine kleine Fontäne in den Himmel. Plötzlich legte sich ein ungestüm fröhlicher Gesang über die Wellen, und Jorge sah einen jungen Wal, der aufgeregt und wild auf ihn zu schwamm. Die Wellen spien Gischt, und der junge Wal rollte sich in den Wellen und tobte durchs Meer, als er Jorge sah.

Und Jorge sah den jungen Wal, und auf der Stirn des Wales pochte aufgeregt und freudig eine kleine Narbe zum Takt seiner Melodie.

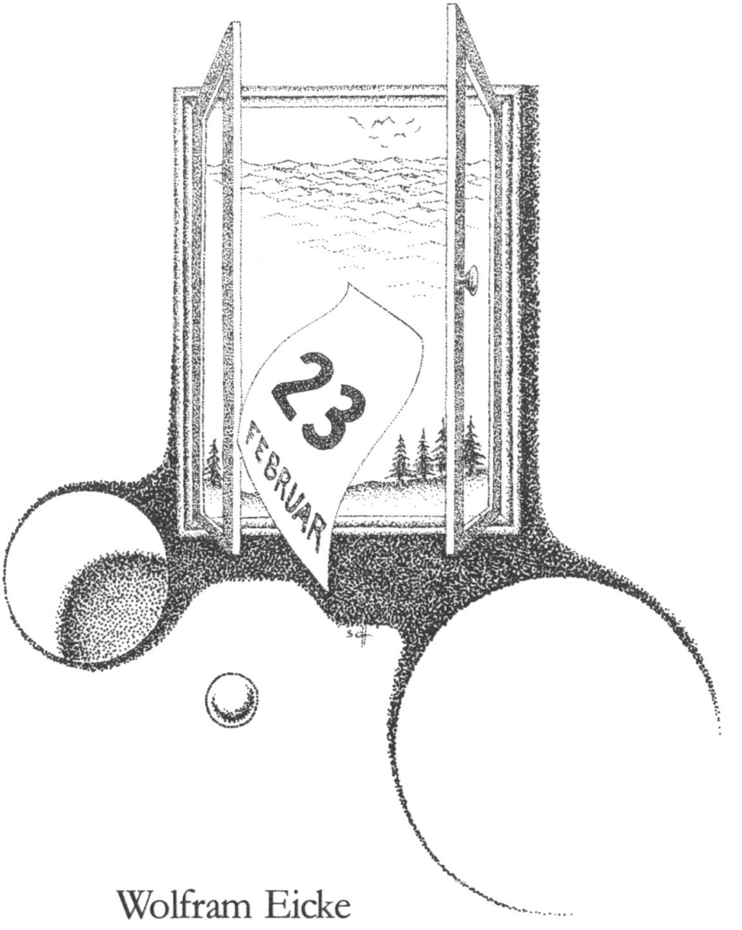

Wolfram Eicke

Der kleine Tag

Es war einmal ein kleiner Tag. Er lebte mit seinen Eltern und Geschwistern dort, wo alle Tage leben, bevor sie auf die Erde kommen, und wo sie auch nachher bleiben, wenn die Nächte sie wieder von der Erde verscheucht haben. Kein Mensch weiß, wo dieser Ort ist, denn wer könnte schon sagen, wo die Tage bleiben, wenn sie ihren Dienst erfüllt haben? Jeder von ihnen kommt nur ein einziges Mal auf die Erde. Ein Tag ist einmalig.

Und so ist es natürlich der Höhepunkt im Leben eines Tages, wenn er auf die Welt zu den Menschen kommt.

Unser kleiner Tag, von dem hier die Rede ist, war voller Aufregung und Freude, wenn er an den so wichtigen Zeitpunkt seiner Erdenreise dachte. Aber er mußte noch lange warten, denn er würde der 23. Februar eines ganz bestimmten Jahres sein, und es war erst Mai im Jahr davor. Vordrängeln konnte er sich nicht, denn die Reihenfolge, in der die Tage die Welt betreten, ist streng festgelegt.

So konnte der kleine Tag nur von seinem zukünftigen Erdengang träumen, und mit staunenden Augen hörte er zu, wenn seine Verwandten von ihrem Besuch auf der Erde erzählten.

Sein Vater war ein sehr berühmter und gefürchteter Tag gewesen, an dem sich ein grauenhaftes Erdbeben ereignet hatte, das die Menschen noch Jahrzehnte später nicht vergessen konnten. „Die ganze Welt zitterte", erzählte sein Vater stolz, „und ich bin in allen Geschichtsbüchern erwähnt."

Seine Mutter wurde von den anderen Tagen ebenfalls sehr respektvoll behandelt. Als sie Tag war, hatten zwei Völker nach einem langen Krieg endlich Frieden geschlossen. Immer wieder wollte der kleine Tag hören, wie sich damals die Menschen lachend und weinend vor Freude umarmten und wie schön dieser Tag gewesen sei.

Ein Onkel war sehr stolz darauf, daß er die erste Landung eines Raumschiffes auf einem fernen Planeten gebracht hatte, und seine Großmutter konnte gar nicht genug von der Hochzeit eines Königspaares erzählen, die mit großer Pracht gefeiert wurde, als sie Tag war.

Jeden Abend, wenn ein Tag von der Erde zurückkam, mußte er genau berichten, was sich während seiner Amtszeit ereignet hatte. Voller Begeisterung hörte der kleine Tag Erzählungen von ruhmreichen Taten, Erfindungen und großen Festen, aber auch von Schneekatastrophen, Dürre- und Hungerzeiten, von Flugzeugabstürzen, Explosionen und Gewalttaten.

„Es ist ganz wichtig", sagte sein Vater eines Tages, „daß etwas Ungewöhnliches passiert, wenn du auf der Erde bist, damit man sich an dich erinnert. Sonst ist dein ganzes Leben sinnlos. Dabei kommt es gar nicht darauf an, ob etwas Gutes oder Böses geschieht. Hauptsache, du hinterläßt einen bleibenden Eindruck auf die Menschen."

„Wenn ich einmal auf der Erde bin", dachte der kleine Tag, „dann wird sicherlich etwas ganz, ganz Großes geschehen, etwas, was es noch nie gegeben hat. Nicht nur ein kümmerliches Erdbeben oder die Hochzeit eines Königspaares.

Nein, 100 Könige sollen gleichzeitig heiraten, alle Völker der Erde sollen Frieden schließen und versprechen, niemals wieder Krieg zu führen. Es wird ein gewaltiges Feuerwerk geben, weil die Menschen alle Waffen in die Luft sprengen werden. Auf jedem Stern im Weltall landet ein Raumschiff, eine riesige Flutwelle überschwemmt die Hälfte der Erde, und, und, und ..."

So träumte der kleine Tag unaufhörlich, und es fiel ihm immer schwerer, seinen großen Auftritt abzuwarten.

Schließlich, nach scheinbar endlosen Monaten und Wochen des Wartens, war der große Augenblick gekommen. Es war stockfinster, als der Vater den kleinen Tag rief: „Es ist soweit. In einer halben Stunde beginnt der 23. Februar. Gleich bist du ein Tag auf der Erde!" Sein Vater begleitete ihn noch ein Stück, damit er den richtigen Weg fand, und dann war es soweit! Schrittweise zog sich die Nacht vor dem kleinen Tag zurück, bis sie ganz verschwunden war. Der kleine Tag jubelte: „ Jetzt regiere ich die Welt!"

Aber schon bald erlebte er die erste Enttäuschung. Die strahlend goldene Sonne, von der sein Vetter im Juli so geschwärmt hatte, war nirgends zu sehen. Grauer Nebel verhüllte die frühen Morgenstunden. Alles sah trübe und dunstig aus, feucht und kalt. Der kleine Tag wollte sich aber nichts daraus machen, es gab doch soviel Neues, Fremdes und Aufregendes zu sehen.

In allen Städten wälzten sich Tausende von Menschen durch die Straßen zu ihrer Arbeitsstelle. Autokolonnen, Busse, Züge, Bahnen – alles drängte, schob und wimmelte. Der kleine Tag mußte lachen: Es sah zu lustig aus, wie sie da unten alle in verschiedenen Richtungen durcheinanderkrabbelten.

Er betrachtete die Menschen genauer. Nein, freundlich sahen die nicht aus! Die meisten hasteten mürrisch und lustlos durch die Straßen, hatten die Mantelkragen hochgeschlagen und sahen grimmig geradeaus oder zum Boden. Niemand schien den kleinen Tag zu beachten.

„Hallo, hier bin ich!“ rief er. „ Ich bin heute euer Tag! Freut ihr euch nicht, mich zu sehen?“

Aber die Menschen freuten sich nicht. „Was für ein lausiger Tag“, sagte ein Mann zu seinem Arbeitskollegen. „Dieser widerliche Nieselregen geht mir ganz schön auf die Nerven.“ „Ja, abscheulich“, bestätigte der andere. „Meine Frau bekommt sicher wieder die Grippe bei diesem Wetter. Wenn doch bloß die Sonne ein wenig scheinen würde!“

Ja, die Sonne! Wo war sie? Der kleine Tag konnte sie nirgendwo entdecken. „Bitte, liebe Sonne“, rief er, „komm doch hervor und mache die Welt an meinem Tag etwas schöner, damit die Menschen nicht alle so grimmig sind.“

„Das kann ich nicht“, sagte die Sonne, die von einer graufetten Regenwolke verdeckt wurde. „Ich habe noch nicht die Kraft dazu. Komm im Frühling oder besser noch im Sommer wieder, dann will ich so scheinen, daß deine Augen geblendet werden. Aber im Februar bin ich dazu noch zu schwach.“

Der kleine Tag war ganz verzweifelt. „Aber ich bin doch nur heute!“ rief er. „Ich kann doch nicht wiederkommen. Nie kann ich wiederkommen. Im Frühling und im Sommer sind die anderen dran. Bitte, liebe Sonne, schein doch wenigstens ein ganz kleines bißchen!“

Die Sonne hatte Mitleid mit ihm. Mit aller Kraft preßte sie ein paar dünne Strahlen hervor. Der kleine Tag hatte so etwas noch nie gesehen. Er sah verzückt und verzaubert, wie die Sonnenstrahlen auf einen Waldweg fielen und sich das Licht in den Regentropfen spiegelte.

„Hurra!“ rief der kleine Tag, „freut ihr euch jetzt, daß ich hier bin?“ Doch die Sonne hatte zu kurz geschienen. Kaum ein Mensch in der Stadt hatte die wenigen Sonnenstrahlen bemerkt, und jetzt war es wieder so grau wie zuvor. Allerdings regnete es nicht mehr, und der Nebel hatte sich aufgelöst. „Immerhin etwas“, tröstete sich der kleine Tag. Aber ein wenig traurig war er trotzdem noch.

Doch was war das? Auf einem Schulhof stand ein Junge mit einem funkelnagelneuen Fahrrad, umringt von seinen Klassenkameraden. „Woher hast du denn das tolle Rad?“ fragte einer von ihnen. „Na, wißt ihr denn nicht, was heute für ein Tag ist? Heute ist doch der 23. Februar, und das ist mein Geburtstag. Das Fahrrad ist mein Geburtstagsgeschenk!“ Der kleine Tag jauchzte. Endlich freute sich jemand über ihn. „Für diesen Jungen bin ich der Höhepunkt des ganzen Jahres“, dachte der kleine Tag glücklich. Mit neuem Eifer schaute er sich auf der Welt um.

Er sah das Meer! Die Wellen klatschten gegen die Felsen am Strand, und die Gischt sprühte schäumend auf. Es war ein wundervolles Schauspiel, von dem sich der kleine Tag kaum losreißen konnte. Sein Blick streifte über die Berge. Ein Bergsteiger mühte sich keuchend, einen schneebedeckten Gipfel zu bezwingen. Als er oben angekommen war, lachte er und genoß den weiten Blick ins Tal. Der kleine Tag freute sich mit ihm. Er sah viele Städte, und verwundert schaute er den Menschen zu. Offenbar hatten die meisten nicht viel Freude an ihrer Arbeit. Männer mit stumpfen Gesichtern betätigten Hebel, Knöpfe und Schalter. Sie stellten Gegenstände her, deren Sinn und Zweck der kleine Tag nicht verstand. In einer großen Halle standen lange Schlangen wartender Menschen. Sicher gab es dort etwas Besonderes! Aber nein: Wenn die Menschen schließlich einen Schalter erreicht hatten, hinter dem ein strengblickender Mann saß, mußten sie viele Kreuze in kleine

Kästchen auf Papierbögen machen und auch noch Geld dafür bezahlen. Der kleine Tag wunderte sich.

In einem Park saß ein Mann auf einer Bank und schrieb. Als er fertig war, sah er sich zufrieden lächelnd um. Er hatte bestimmt etwas besonders Schönes geschrieben. Der kleine Tag freute sich. In einem Fenster stand ein Musiker und pfiff fröhlich eine kleine neukomponierte Melodie vor sich hin. Der kleine Tag hätte am liebsten mitgepfiffen.

Der Nachmittag brachte ihm neue Erfahrungen: spielende Kinder, Leute beim Spazierengehen, Menschen, die sich zum gemütlichen Kaffeetrinken zusammenfanden. Er sah einen jungen Mann an einer Haustür klingeln und ein hübsches Mädchen herauskommen. Die beiden faßten sich an den Händen und gingen in einen Park. Auf der Brücke über einen kleinen Bach blieb der junge Mann stehen und sah dem Mädchen in die Augen. „Ich hab dich lieb!“ sagte er und gab ihr einen Kuß. Dem kleinen Tag wurde ganz heiß vor Freude. Das war sicher das allerschönste Erlebnis für ihn hier auf der Erde.

Als die Dämmerung kam und der kleine Tag seine Aufgabe erfüllt hatte, eilte er aufgeregt nach Hause. Alle Tage hatten sich schon versammelt und erwarteten gespannt seinen Bericht.

„Na, wie war's?“ fragte ihn sein Vater, „bist du ein guter Tag gewesen?“ „O ja!“ rief der kleine Tag, und alle seine Erlebnisse sprudelten wie ein Wasserfall aus ihm heraus. „... und dann haben sie sich geküßt!“ rief er am Schluß seines Berichtes ganz atemlos und sah sich erwartungsvoll in der Runde um.

Sein Vater machte nur eine wegwerfende Handbewegung: „Na ja, das kennen wir ja alle, aber nun erzähl mal die interessanten Dinge. Was hat sich denn nun wirklich ereignet?“ Der kleine Tag starrte ihn fassungslos an. „Aber ...“ stammelte er, „das ist alles. Das ist doch viel, oder?“

In den hinteren Reihen begannen einige ältere Tage zu lachen. Schließlich lachten sie alle, die ganze Gesellschaft, bis der kleine Tag in einer riesigen Woge von Gelächter zu ertrinken drohte. „Was?“ rief sein Vater aufgebracht, „es muß doch wenigstens etwas passiert sein! Ein Schiffsunglück vielleicht? Oder eine Flugzeugentführung? Wenigstens ein Banküberfall?“ Der kleine Tag schüttelte den Kopf. Einsam und traurig stand er mitten in dem Gelächter.

Sein schöner Tag! Und sie fanden ihn langweilig und alltäglich – nichts Außergewöhnliches war geschehen. Er hätte vor Scham versinken mögen.

„Nicht mal ein ...“ begann sein Vater noch einmal, aber er fragte nicht weiter. Der kleine Tag tat ihm leid. „Ein Nichts bist du!“ schrie der Onkel, der die Raumschifflandung auf dem fernen Planeten erlebt hatte, „ein Nichts! Schon morgen hat man dich auf der Erde vergessen! Kein Buch wird dich erwähnen, kein Mensch wird sich an dich erinnern! Geburtstag! Sonne! Liebe! Daß ich nicht lache!“

Ist Liebe denn wirklich nichts Ungewöhnliches, Schönes? wollte der kleine Tag fragen – aber er traute sich nicht mehr. Er fürchtete die Hänseleien und den Spott der anderen.

„Komm mit und ruh dich aus“, sagte der Vater und zog ihn fort. „Und ihr macht euch nicht über meinen Sohn lustig!“ rief er giftig den versammelten Tagen zu.

Die Mutter versuchte ihn zu trösten: „Sei nicht traurig. Du bist ein guter Tag gewesen und hast sehr schöne Dinge auf der Erde gesehen. Weißt du, es kommt gar nicht darauf an, daß möglichst viele Menschen sich an einen Tag erinnern. Wenn du nur ganz wenigen eine Freude geschenkt hast, dann hat sich dein Erdendasein schon sehr gelohnt.“

Aber der kleine Tag war nicht zu trösten. In den kommenden Tagen und Wochen wurde er überall belacht und verspottet. Er nahm auch nicht mehr an den abendlichen Versammlungen teil. Er wollte nicht hören, was die anderen Tage zu berichten hatten. Einsam saß er in seiner Ecke und machte sich bittere Vorwürfe. Dabei war es doch gar nicht seine Schuld!

Eines Abends jedoch, viele einsame Tage, Monate, Jahre später, riefen ihn seine Eltern: „Denk dir, einer deiner Neffen kam gerade von der Erde zurück und hat berichtet, daß heute ein Beschluß gefaßt wurde, den 23. Februar zum internationalen Feiertag zu erklären. Und weißt du, warum? Weil an deinem 23. Februar, als du auf der Erde warst, nichts Böses geschehen ist, kein Verbrechen verübt wurde, nirgendwo auf der Erde Kämpfe waren. Eben darum, weil nichts Ungutes passiert ist, soll von nun an jedes Jahr an deinem Tag das Fest des Friedens gefeiert werden. Heute stand es auf der Erde in allen Zeitungen. Ja, wir wußten doch immer, daß du etwas taugst!"

Der kleine Tag sagte gar nichts.

Er strahlte.

Roland Kübler

Wahrheit ist unteilbar

Die Erde dreht sich um die Sonne, und der Mond zieht seine Bahn um die Erde. Die Sterne flüchten in die Weite des dunklen Alls, und für uns Menschen ist das Außergewöhnliche normal, und niemand verschwendet mehr einen Gedanken daran, wie alles kam.

Am Fuße einer sanft ansteigenden Bergkette war vor langer Zeit eine kleine Siedlung unterschiedlichster Menschen gewachsen. Das Leben war zwar nicht einfach, doch jeder hatte dort ein gutes Auskommen und niemand mußte hungern oder darben.

Trotzdem war dieses Dorf ein ständiger Ort des Unfriedens. Keiner kam mit seinen Nachbarn aus. Ständig gab es Streit. Jeder glaubte sich im Recht, und natürlich wollte jeder seine Ansichten durchsetzen. Pflanzte einer der Bauern im Frühjahr Schößlinge junger Bäume, war er sich sicher, daß dies genau das richtige für die Bäume sei – und wehe, irgend jemand dachte anders darüber.

Wenn nun einer in den Bergen wertvolle Steine gefunden hatte, wollte er die Bewohner der Siedlung Abend für Abend im einzigen Kaffeehaus davon überzeugen, daß sie mit solchen Steinen ihr Lebensglück und sogar Reichtum für ihre Enkel und Urenkel finden würden – und wehe, einer der anderen wollte widersprechen.

Kurierte einer der Bewohner eine kranke Kuh mit einer seltenen Pflanze, die er zufällig in einer Neumondnacht geschnitten hatte, gab es für diesen kein anderes Heilmittel mehr als eben diese Pflanze, geschnitten in einer Neumondnacht. Sie stritten sich entsetzlich, wenn auch nur einer leise Zweifel zu äußern wagte.

Schließlich wurden der ständige Unfrieden und die immerwährenden Zankereien um Recht und Wahrheit allen zuviel.

Eines Abends, als sie nach langen Debatten wieder einmal zerstritten vor dem Kaffeehaus saßen, wandten sie sich an den blinden Alten, der an einem Nebentisch schmunzelnd süßen Kaffee schlürfte. „Weißt du, Alter", begannen sie ein wenig ärgerlich, weil der Blinde immer noch lächelte, „wir finden das gar nicht komisch. Die meiste Zeit, in der wir hier zusammensitzen, streiten wir, wer von uns nun Recht hat und wirklich die Wahrheit sagt.

Und du sitzt hier und lachst. Was freut dich denn an unserem Streit?"

Der Blinde drehte den Kopf ein wenig: „Ich lache über euch, weil ihr alle zusammen wie unwissende Kinder seid!"

Die Männer wurden wütend: „Dann sag doch du, wer von uns im Recht und was wirklich wahr ist!" schrien sie den Blinden an.

„Ihr braucht nicht zu brüllen, daß die Fenster klirren. Ich sehe zwar nichts mehr, dafür höre ich aber umso besser. Wahrheit ist überall dort, wo wahrhaftige Menschen sind. Aber ich weiß, ihr könnt das nicht verstehen. Kommt heute in einer Woche wieder hierher, dann werde ich euch zeigen, was Wahrheit ist." Daraufhin drehte sich der Alte wieder weg, führte seine Tasse an den Mund und sagte auch auf das Drängen der Leute nichts mehr.

Am Abend jedoch gab er seinem Enkel einige Anweisungen, und dieser machte sich früh am nächsten Morgen auf den Weg in die Stadt. Zwei Tage später kehrte er zurück und berichtete seinem Großvater, der wie gewohnt unter dem großen Baum vor dem Kaffeehaus saß, daß alles wunschgemäß erledigt sei.

Die Tage verstrichen träge, wie süßer Honig, zähflüssig vom Zucker der Bienen. Die Siedlungsbewohner stritten wie gewohnt und konnten kaum erwarten, bis die Woche vorbei war. Endlich war es soweit. Man versammelte sich wieder vor dem Kaffeehaus. „Was also ist die einzige und wirkliche Wahrheit? Wer von uns ist im Recht?" bestürmten sie den blinden Alten. Dieser lächelte versonnen und tastete mit einer Hand nach dem Arm seines Enkels, der hinter ihm wartete. „Kommt mit ins Haus", sagte der Junge, „mein Großvater wird euch die Wahrheit lehren."

Im Kaffeehaus war es dunkel wie noch nie. Vor den Fenstern wölbten sich die Vorhänge im Wind. Nur eine kleine Kerze brannte, um den Männern den Weg zu weisen. Der Blinde stand mitten im Raum. Mit erhobenen Händen bat er um Ruhe. „Wenn ihr hier zum Hinterausgang hinausgeht, werdet ihr in ein dunkles Zelt kommen. Darin findet ihr ein fremdartiges Tier. Es braucht die Dunkelheit, denn es scheut so viele Berührungen bei Licht. Geht also alle hinein und lernt dieses Tier kennen. Sagt mir danach, wie es aussieht. Dann werde ich euch sagen, was Wahrheit ist."

Zunächst standen die Männer ein wenig hilflos im Raum. Der Blinde war bekannt für seine komischen Ideen. Aber da sich keiner vor den anderen eine Blöße geben wollte, drängten sie schließlich alle in das dunkle Zelt. Als sie nach einiger Zeit, einer nach dem anderen, wieder vor dem Kaffeehaus erschienen, saß der Alte still da und bewegte manchmal nur ein wenig den Kopf, um sich mehr der Sonne zuzuwenden. Als alle bei ihm standen, wandte er sich ihnen zu: „Nun, wie also sieht dieses fremde Tier aus?"

Ein Mann trat vor: „Ich habe es sehr genau befühlt. Das Tier ist wie eine große rauhe Säule. Es steht fest und unerschütterlich im Raum. Nichts und niemand kann es umstoßen." Ein anderer widersprach aufgeregt: „Blödsinn! Das fremde Tier ähnelt einem großen Fächer. Ich hab es genau gespürt. Das Tier ist dünn und groß wie ein Stück Pergament, und es bewegt sich hin und her." Ein dritter mischte sich ein: „Was erzählt ihr denn da? Das fremde Tier in dem Zelt ist in Wirklichkeit ein glattes, spitzes Lebewesen, fast wie ein polierter großer Säbel." Dann erklärte ein vierter alle anderen für Dummköpfe; das Tier sei in Wahrheit weich und biegsam, anschmiegsam und zärtlich. Ein fünfter wetterte gegen die anderen; denn seiner Ansicht nach glich das fremde Tier mehr einer großen Schlange, die am Ende so etwas Ähnliches wie einen Rasierpinsel hat.

Jeder behauptete etwas anderes, und in kürzester Zeit zankten die Männer unter dem großen Baum, wie sie noch nie in ihrem Leben miteinander gestritten hatten. Der blinde Alte saß zwischen den schreienden, keifenden, wütenden Menschen und rührte in seinem Kaffee. Endlich hob er die Arme und bat um Ruhe. „Vor vielen Jahren, bevor die Blindheit meine Augen segnete – seither muß ich nämlich das Elend dieser Siedlung nicht mehr mitansehen –" begann er und lächelte dabei spöttisch, „war ich oft mit einem reichen Kaufmann in fernen Ländern unterwegs. Während dieser Reisen habe ich jenes Tier kennengelernt. Einmal bin ich sogar darauf geritten!"

Wütender Protest unterbrach den Blinden. „Wie, bitte, kann man auf einem Säbel reiten?“ rief einer. „Oder auf einer Schlange mit einem Rasierpinsel am Ende?“ lachte ein zweiter. „Oder auf einer Säule?“ rief hämisch ein dritter.

Der Alte hob wieder die Hände. „Wollt ihr nun wissen, wer von euch recht hat und was Wahrheit ist?“

„Ja, ja“, riefen die Männer aufgeregt, „das wollen wir wirklich gerne. Also laß deine Lügenmärchen und komm endlich zur Sache!“

Der Alte wartete, bis alle still waren. Dann sagte er leise: „Ihr habt alle recht.“

Wieder protestierten die Männer laut und aufgeregt: „Das kann nicht sein“, sie waren sehr aufgebracht, „hast du nicht sogar einmal gesagt, die Wahrheit sei unteilbar?“

„Ja, das habe ich tatsächlich gesagt“, erwiderte der Alte ruhig. „Aber“, und jetzt erhob er seine Stimme, „ich habe auch gesagt, wer die Wahrheit wissen will, muß selbst wahrhaftig sein! Ihr habt euch auf eure Finger und Hände verlassen. Habt ihr keine Nase, keine Ohren und schmeckt ihr denn gar nichts? Könnt ihr so einfach auf eure Augen verzichten? Die Wahrheit ist wirklich unteilbar, nur ist sie manchmal zu groß, um von den Sinnen eines einzelnen Menschen erfaßt zu werden. Und ihr habt euch nur auf einen eurer Sinne verlassen! Ihr selbst habt die Wahrheit aufgeteilt – und weil sie unteilbar ist, habt ihr alle recht!“

„Jetzt ist er völlig übergeschnappt“, murmelten die Männer. „Er hat zu lange in der Mittagssonne gesessen. Sie hat ihm das Hirn ausgetrocknet.“

Dann belächelten sie ihn mitleidig und zürnten mit sich selbst, weil sie überhaupt auf die Idee gekommen waren, diesen Alten um Rat zu fragen. Langsam entfernten sie sich. Doch eine ungewohnt scharfe, spottende Stimme rief sie zurück: „Ihr vergeßt schon wieder etwas, das ihr durch die unfaßbare Großzügigkeit der Natur geschenkt bekommen habt, obwohl ihr es wirklich nicht verdient. Wo habt ihr denn euren Verstand gelassen? Wollt ihr nicht einmal nachprüfen, ob ich nicht doch recht habe?“

Etwas beschämt drehten sich die Männer wieder um und kehrten zu dem Tisch des Alten zurück.

„Er hat recht“, sprachen sie, „warum sollen wir uns das fremde Tier nicht einmal bei Tageslicht betrachten?“

Auf ein Zeichen seines Großvaters verschwand der Enkel hinter dem Kaffeehaus, um das rätselhafte Tier zu holen. Plötzlich dröhnte es hinter dem Haus in wildem Klang: „Vielleicht ist das fremde Tier auch eine Trompete?“ kicherte der blinde Alte. Dann zitterte die Erde unter schweren Schritten. „Oder ein kleines Erdbeben?“ Der Alte schwankte gefährlich auf seinem Stuhl vor Lachen.

Und dann führte sein Enkel das fremde Tier auf den Platz vor dem Kaffeehaus. Erschrocken wichen die Männer zurück. Sie sahen: Vier riesige, rauhe Säulen. Zwei glatte, polierte Säbel. Eine große Schlange mit einem Rasierpinsel am Ende. Zwei wehende Fächer wie aus Pergament. Und all die anderen Dinge, die sie beschrieben hatten.

„Das ist ein Elefant“, sagte der blinde Alte in die betretene Stille, und vor lauter Lachen bekam er einen Schluckauf. „Nun, hat einer von euch gelogen? Aber wer von euch hat nun wirklich die Wahrheit gesagt? Wahrheit ist unteilbar – doch nur wahrhaftige Menschen werden sie in ihrer ganzen Größe erfahren.“

Manfred Eichhorn

Die Legende vom ersten Schnee

Hoch oben in den Bergen des Himalaja fällt in jedem Jahr der erste Schnee. Und die Sage erzählt, daß derjenige König im Lande wird, der die erste Schneeflocke eines Winters in seiner Hand zerschmelzen läßt.

Vor langer Zeit lebte dort ein König, der sein Volk gut behandelte. Die Steuern waren erträglich, so daß niemand Hunger leiden mußte. Keiner hatte Angst vor Willkür und Strafe. So liebte ihn das Volk, wie es nie zuvor einen König geliebt hatte. Und an den Feuern des Abends erzählten sie von seiner Weisheit und Güte.

Von frühester Jugend an hatte dieser König die Schriften der Weisen studiert, tagelang geschwiegen, gefastet und die Sprache der Stille gelernt. Er hatte die geheime Kraft des Atems erforscht und war doch immer ein Suchender geblieben, der ging und ging und nie ein Ende des Weges sah. Eins wollte er sein mit der Schöpfung – ein Teil davon und das Ganze, verbunden mit der Natur, mit allen Tieren und Pflanzen, mit dem Himmel, den Bergen und den Wolken.

So lag ihm auch wenig an Staatsgeschäften, gab es doch so vieles, was er lernen und erfahren wollte. Er stellte Minister ein und überließ ihnen einen Großteil der lästigen Verpflichtungen.

Einer der Minister aber war ihm mißgünstig. Sein Name war Tapiro. Er war neidisch auf den König und nannte ihn insgeheim einen Dummkopf, da er seine Macht so wenig nutzte. Oft versuchte er, die anderen Minister aufzuhetzen und den König zu stürzen: Der König sei nicht fähig, ein Land zu regieren, sagte er, ein König müsse streng sein. Aber die anderen Minister liebten ihren König ebenso wie das Volk ihn liebte.

So wuchsen Mißgunst und Haß im Herzen von Tapiro, und oft sagte er zu sich selbst: „Dann versuche ich es eben alleine. Ich werde ihn stürzen und selbst Herrscher im Lande sein.“

Bald merkte der König von dieser Absicht, und er fragte Tapiro, was er denn anders machen würde, wenn er König wäre. „Andere Königreiche führen Kriege und gelangen so zu Ansehen und Reichtum“, antwortete dieser, „du aber lebst kaum anders als ein Bauer, weil unser Land karg ist und wenig Früchte trägt zur Erntezeit. Zieh über die Grenzen und du wirst Reichtum und Macht finden!" Da erwiderte ihm der König: „Wenn du ein Volk findest, das zufriedener mit seinem König ist als dieses hier, dann sollst du an meiner Statt König sein."

Tapiro wußte, wie sehr das Volk seinen König liebte und daß er sich diesen Weg sparen konnte. Zornig sprach er: „Geliebt zu werden ist keine Kunst! Sich aber Respekt beim Volke zu verschaffen, damit es einem nicht auf der Nase herumtanzt – das zeichnet einen wahren König aus. Geliebt werden, das kann jeder Stallknecht, dazu bedarf es keines Königs!" In seinen Augen funkelten Machthunger und Habgier, und der König spürte, daß Tapiro niemals aufgeben würde, bevor sich seine Augen nicht verändert haben – denn diese sind Spiegel des Herzens. Nicht um sich selbst fürchtete er, aber um Tapiro; denn es ist schwer zu leben ohne Zufriedenheit. Und er fürchtete, daß sein Volk eines Tages in Unterdrückung leben müsse.

Also rief er seine Minister und bat diese um Rat.

„Wir müssen ihn aus dem Land jagen", sagten die einen. „Wir müssen ihn einsperren", sagten die anderen. Der König aber winkte ab: „Keiner in diesem Lande lebt in Unfreiheit, und noch keinen haben wir von der Erde gewiesen, auf welche ihn die Schöpfung gestellt hat."

Die Minister verstanden und schämten sich ihrer Worte, waren sie auch nur zum Schutze ihres geliebten Königs ausgesprochen worden. Aber es wären doch die heiligsten Gesetze des Landes gebrochen: Irgendwann müßte man noch einen einsperren oder des Landes verweisen und dann noch einen ... Es würden Gefängnisse entstehen, es würde Strafen geben, das Recht würde über der Liebe stehen, das Urteil die Menschlichkeit besiegen. So blieb den Ministern nur der Rat an den König, vorsichtig zu sein. Auch sie wollten auf ihn achten und ihn beschützen.

Da rief der König die Weisen des Landes zusammen und bat diese um Rat. Sie hörten sich an, was er ihnen vortrug und schwiegen lange. Der König saß und wartete. Doch ihr Schweigen hörte nicht auf, und endlich begriff der König, was die Weisen ihm mitteilten: Nur im Geschehenlassen kann alles seinen Weg gehen.

Da ging der König in seine Stube, verriegelte die Tür und saß drei Tage in tiefer Versenkung, ohne Wasser und Brot zu sich zu nehmen. Visionen kamen ihm in allen Farben und Schattierungen. Er hörte so wunderbare Melodien, wie sie nie zuvor an sein Ohr gedrungen waren. Und er spürte, daß sie seinem Inneren entsprangen. Bald wurden aus den Farben weiße Flocken, die unaufhörlich aus den Wolken schneiten. Aus den Melodien wurde ein pfeifender Wind, wie er nur in den Bergen weht. Und in all dem Gewirr von Flocken streckten sich wieder und wieder Hände empor zu den Wolken.

Als nun die Zeit der Versenkung vorüber war, ging er zu Tapiro und sagte: „Wenn die erste Schneeflocke eines Winters auf deiner Hand zerschmilzt, sollst du König im Lande sein."

Tapiro ließ sich das Versprechen des Königs durch die anderen Minister schriftlich bestätigen und zog wenige Wochen später in das höchstgelegene Dorf des Landes, denn der Winter nahte schon.

Eigentlich war es gar kein richtiges Dorf, denn die wenigen Hütten waren verfallen und standen seit vielen Jahren leer. Sie waren vor langer Zeit ein Zufluchtsort gewesen für alle, die Verfolgung und Verbannung erlitten hatten. Tag für Tag saß nun Tapiro vor einer der Hütten und beobachtete den Himmel. Als die ersten Schneewolken über den Gipfeln aufzogen, erhob er sich, um zur höchsten Stelle zu gelangen. Doch die Wolken zogen vorüber, ohne daß auch nur eine Schneeflocke die Erde berührt hatte – und so verbrachte er die Nacht in den Felsen. Fortwährend rieb er seine Hände, um sie zu wärmen. Trotzdem waren sie mit der Zeit steif und gefühllos geworden, und in seinem Barte klebte der Frost der Nacht. Sehnsüchtig erwartete er den Morgen. Der Gedanke, bald mächtigster Mann im Lande zu sein, ließ ihn alle Kälte überstehen. Im ersten Morgenlicht entdeckte er weitere Schneewolken, größer und dunkler als am Tag zuvor. Unentwegt blickte er hoch zu ihnen in unruhiger Erwartung. Endlich, wie auf ein Zeichen hin, öffnete sich der Himmel und Millionen von Schneeflocken schwebten von den Wolken zur Erde herab.

Tapiro sprang umher und hatte alle Mühe, das Gleichgewicht nicht zu verlieren. „Welche wird die erste sein?“ rief er. „Welche wird nun die erste sein?“ Doch bevor er auch nur seine Hand ausstrecken konnte, bedeckten schon die ersten Schneeflocken die Erde. Da kehrte er enttäuscht in seine Hütte zurück und schämte sich seiner Unfähigkeit. Er schämte sich so sehr, daß er nicht ins Tal zurückkehrte. Er wollte hier oben bleiben und so lange warten, bis ihm einmal die erste Schneeflocke eines Winters auf der Handfläche zerschmolz.

Doch auch in all den folgenden Jahren gelang es ihm nicht. Und als nach zehn Jahren Tapiro noch immer nicht ins Tal zurückgekehrt war, hatten ihn die meisten schon vergessen – nur der König nicht. Jahr für Jahr hatte der König auf Tapiro gewartet, wenn der Winter seine ersten Spuren auf die Berggipfel legte.

Als nun im zehnten Winter Tapiro noch immer nicht gekommen war, ließ dem König sein Gewissen keine Ruhe mehr, und er machte sich auf, um in den Bergen nach Tapiro zu suchen. Beschwerlich war der Weg, und oft raubte ihm der eisige Wind den Atem. Doch am vierten Tage gelangte er schließlich in das verlassene Dorf und fand Tapiro, der in tiefer Versenkung vor einer Hütte saß.

Als der König vorsichtig nähertrat, öffnete Tapiro die Augen. Der König lächelte ihn an und spürte auf einmal unsagbares Glück in seinem Herzen, denn wie waren diese Augen verwandelt! Einst hatten sie ihn voller Habgier und Machthunger angeblickt, jetzt strahlten sie Wärme, unendliche Wärme und tiefe Ergebenheit aus. Und als Tapiro den König erkannte, erhob er sich, um ihm zu danken, umarmte ihn, sank auf die Knie und bat um Verzeihung. „Du hast mir meinen Weg gezeigt“, sagte er. „Dir war von Beginn der Welt an bestimmt, König zu sein – mir aber war bestimmt, in der Einsamkeit der Berge Gott zu suchen. Dank deiner Hilfe habe ich meinen Weg gefunden.“

Tapiro bat den König in die Hütte, in der ein kleines Feuer brannte. Über dem Feuer kochte eine Suppe aus Wurzeln und Kräutern, von der sie gemeinsam aßen. Dann erzählten sie einander von den vergangenen Jahren. Am nächsten Morgen erst wanderte der König zurück ins Tal.

Nach einem Jahr aber starb der König, und das Volk trauerte viele Monate. Und bald gab es einen neuen König, der so war wie fast alle Könige. Er ließ sich einen Palast bauen – und dem Volk blieb nur so viel, daß es gerade nicht verhungerte. Alle Bauern wurden zu Leibeigenen. Ein Heer wurde aufgestellt. Und bald wurden Kriege gegen die Nachbarreiche geführt. Im Laufe der Jahre wurde das Königreich immer größer, der König immer reicher und das Volk ärmer und ärmer.

Die Weisen des Landes zogen hinauf in die Berge, um sich zu verstecken, denn in dieser Zeit waren sie im Tal der Verfolgung ausgesetzt. Sie zogen in die Einsamkeit wie einst Tapiro. Sie fanden die Hütte, die zu seinem Grab geworden war. Und über dem Eingang stand geschrieben: Wer die erste Schneeflocke eines Winters auf seiner Handfläche zerschmelzen läßt, der soll König im Lande sein.

Der Sinn des Lebens

Roland Kübler

Es gibt viele Wege zu gehen. Und manchmal reicht ein einziges Leben dafür nicht aus. Als sich der junge Mann am frühen Morgen von seiner Familie verabschiedete, funkelte die Kühle der Nacht im satten Grün der Wiesen, und sein Herz klopfte wild vor Aufregung und den Schmerzen der Trennung. Seine Mutter versuchte ihn nicht mehr umzustimmen. In den Tagen zuvor hatte sie ihn immer wieder beschworen: „Bleib doch hier! Lerne lieber etwas Sinnvolles! Nimm dir eine Frau und gründe eine Familie!" Aber der junge Mann war durch nichts zu überzeugen. In dieser kleinen Stadt kannte er jeden Winkel, den Staub der Straßen, die hektische Betriebsamkeit, die täglichen Lügen und das falsche Lachen, wenn die Menschen miteinander Geschäfte machten. Hier kam ihm alles so sinnlos vor. Er würde den Sinn seines Lebens irgendwo anders finden, davon war er überzeugt.

Die Freundlichkeit des Vaters war schon seit Tagen zerbrochen. Er hatte fest damit gerechnet, daß sein Sohn den Handelsbetrieb übernehmen würde. Auch am heutigen Morgen ließ er sich nicht sehen. Der Vater seines Vaters jedoch nahm ihn zum Abschied fest in die Arme und wünschte ihm alles Gute.

Der junge Mann wanderte den ganzen Tag, den nächsten und den darauffolgenden. Die Sonne brannte und die Straße war einsam und staubig. Sie lag da wie eine lange, tote Schlange in einer dürstenden, vor Hitze flimmernden Steppe. Sie schien ihm bald ohne Anfang und ohne Ende. Am Abend des dritten Tages, im schwachen Licht der untergehenden Sonne, entdeckte der junge Mann eine Hütte am Wegesrand. Auf einer Holzbank vor der Tür saß eine alte Frau und schälte kleine, wilde Kartoffeln. Als er vor ihr stand, erhob sie sich und wischte die Hände an der fleckigen Schürze ab. Dann bat sie ihn ins Haus. Auf dem einfachen Tisch stellte sie inzwischen Brot, Käse und Sauermilch bereit. Nach dem Essen, bei dem kein Wort gesprochen wurde, fragte sie: „Was führt dich durch diese Steppe, mein Junge? Es ist sehr selten, daß hier jemand vorbeikommt."

„Ich bin unterwegs, um den Sinn des Lebens zu finden. Ich weiß zwar nicht, wo ich danach suchen soll, aber mir wird schon etwas einfallen, wenn ich nur lange genug darüber nachdenke."

Die Alte wischte mit der Hand einige Brotkrümel vom Tisch. „Wenn du eine Zeitlang hier bleibst, werde ich dir den Sinn des Lebens zeigen“, sagte sie dann.

Natürlich willigte der junge Mann ein, und so blieb er bei der alten Frau. Er arbeitete für sie auf den steinigen Feldern, sorgte für die zwei mageren Kühe, fütterte ihren zahmen Falken und begleitete sie in die Steppe, um Heilkräuter zu suchen. An den Abenden erzählte ihm die Alte Geschichten und berichtete von längst vergangenen Zeiten.

Doch nach einem Jahr hatte er von der Frau noch immer nichts über den Sinn des Lebens gehört. Der junge Mann beschloß deshalb weiterzuziehen und sprach die Frau an: „Seit einem Jahr bin ich nun bei dir. Ich habe für dich gearbeitet. Du hast mir Geschichten erzählt und ich habe Dinge erfahren, die mir bisher fremd waren. Aber du hast nie vom Sinn des Lebens zu mir gesprochen. Morgen werde ich aufbrechen, um weiter zu suchen.“

Die Alte seufzte und wischte sich die Hände an der fleckigen Schürze ab. „Ein ganzes Jahr warst du nun hier und hast nicht begriffen, was der Sinn des Lebens ist?“

Der junge Mann starrte ein wenig verlegen in den Himmel, an dem die ersten Sterne das Tageslicht besiegt hatten: „Nein“, flüsterte er.

„Schau nicht in den Himmel, mein Sohn!“ Die Alte stupste ihn mit dem Ellenbogen. „Dort hinaus mußt du sehen!“ Sie deutete mit beiden Armen in einer weit ausholenden Bewegung über das Land. „Na, was siehst du da?“

„Die Steppe! Sonst eigentlich nichts.“ Der junge Mann wurde trotzig. Was sollte das? Seit einem Jahr sah er diese Steppe.

„Sonst nichts, sagst du?“ Die Alte lächelte, und um ihren Mund legte sich eine kleine Spottfalte. „Sonst nichts? Die Steppe hat dir jeden Tag den Sinn des Lebens gezeigt! Ist sie nicht grenzenlos, unendlich fast? Sie ist weit. Sie atmet Freiheit mit jedem Windhauch – das ist der Sinn des Lebens! Wie die Steppe muß das Leben sein, sonst hast du es verfehlt!“ Daraufhin nahm die Alte wieder eine Kartoffel aus dem Korb, schälte sie und sprach kein Wort mehr.

Am nächsten Morgen verabschiedete sie sich jedoch herzlich von dem jungen Mann, gab ihm Brot, Käse und eine Wasserflasche mit. Als er sich schon abwenden wollte, hielt sie ihn zurück: „Nimm den Falken mit“, sagte sie. „Er hat sich an dich gewöhnt und außerdem soll er dich immer an das erinnern, was ich dir gestern gesagt habe. Der Falke ist ein Kind der Steppe.“

Gerne nahm der Mann den Falken mit. Meist flog dieser hoch über ihm, kreiste manchmal bis zum fernen Horizont, kam aber immer zurück auf die ausgestreckte Hand des jungen Wanderers.

Nach vielen Tagen hatte er die Steppe hinter sich gelassen und stand am Fuße eines hoch aufragenden Gebirges. Die wilden Schluchten und schroffen Felsen schreckten ihn. Trotzdem ließ er sich in seinem Weg nicht beirren. Er wagte sich in die geheimnisvolle Stille einer engen Schlucht, die den Himmel über ihm auszulöschen schien. Nur das Echo seiner eigenen Schritte und das gelegentliche Krächzen des Falken, der ein wenig ängstlich auf seiner Schulter saß, begleiteten ihn auf dem felsigen, verwirrend verschlungenen Pfad. Als es Abend wurde, entdeckte er unter einem mächtigen Felsvorsprung ein kleines, schiefergedecktes Haus. Der Wind wirbelte durch den dünnen, weißen Rauch, kaum daß er aus dem kleinen Schornstein kam.

Der junge Mann klopfte an die schwere Holztür, und nach einiger Zeit öffnete sich diese knarrend und ächzend, gerade so, als hätte sie sich schon lange nicht mehr bewegt. Ein weißhaariger Alter schaute ihn verwundert an. „Ein fremder Wanderer? Hier?“ Er schien sich zu wundern, aber gleichzeitig lachte Freude aus seinen Gesichtsfalten. „Es ist lange her, seit jemand an diese Tür geklopft hat. Komm herein, sei willkommen und ruh dich aus.“ Nachdem sich der Junge am Ofen aufgewärmt hatte, erklärte er, warum er unterwegs ist. „Wenn du bei mir bleibst“, sagte der Alte und rieb sich dabei die Hände über dem Ofen, „werde ich dich lehren, den Sinn des Lebens zu finden.“

Der junge Mann zögerte nicht einen Atemzug. Dankbar nahm er die Einladung des Alten an. Er versorgte dessen Schafe, lernte Butter stampfen, sammelte Holz für die harten Wintermonate, und an stillen Abenden erzählte ihm der Alte Geschichten.

Es war einer dieser Abende. Sie hatten gegessen, die Schafe blökten leise im Stall hinter dem Haus, und der Hund des Alten zuckte im Schlaf mit den Pfoten. Schließlich stellte der junge Mann die Frage, auf deren Antwort er schon seit drei Jahren wartete: „Als ich hier ankam", begann er ein wenig unsicher, „wolltest du mich den Sinn des Lebens lehren. Nun war ich drei lange Jahre bei dir und habe viel erlebt und gelernt – den Sinn des Lebens hast du mich jedoch nie gelehrt!"

„Hab ich das nicht?" Der Greis fuhr sich mit einer Hand durch das schüttere, weiße Haar. „Oder hast du einfach deine Augen nicht aufgemacht? Der Sinn des Lebens wird dir doch täglich gezeigt! Die Steine, die Felsen, die Grate, die Schluchten, das ganze Gebirge hier zeigt dir doch jeden Tag den Sinn des Lebens."

„Das verstehe ich nun aber wirklich nicht." Der junge Mann schüttelte den Kopf und war ziemlich enttäuscht.

„Nicht?" Der Mann schloß müde die Augen. Dann flüsterte er: „Der Sinn jeden Lebens ähnelt diesem Gebirge hier. Deshalb habe ich auch meine Hütte hier gebaut. Schau, das Gebirge ist fest und hart. Alles hat seinen Platz, ist unveränderlich und beständig. So muß das Leben sein. Erst wenn du beständig wirst und fest, hast du den Sinn des Lebens gefunden!"

Verwirrt erzählte der junge Mann dem Alten, was ihm die Frau in der Steppe über das Leben gesagt hatte.

„Papperlapapp!" fuhr der Alte ihn ärgerlich an, und seine Augen sprühten plötzlich wütende Funken. „Das Leben hat nur einen Sinn, wenn es etwas Festes, Beständiges, Bleibendes hat. Was sollen Grenzenlosigkeit und Unendlichkeit? Das Leben würde sich ja darin verlieren! Vergiß schnell die Flausen, die dir diese Alte in den Kopf gesetzt hat!" Er wühlte eifrig in einer großen Kiste und fand darin einen schweren, schwarzweiß gefleckten Stein. „Hier, ich gebe dir diesen Stein mit auf den Weg. Er soll dich immer an das erinnern, was ich dir über das Leben sagte."

Der junge Mann nahm den Stein. Er wog schwer in seiner Hand. Am nächsten Morgen, noch ehe die Sonne ihre ersten tastenden Fühler über die Kämme des Gebirges streckte, zog er weiter. Der Falke schwebte wie schwerelos im morgendlichen Himmel, wo ein frischer Wind einige Wolken vor sich herjagte. Der Stein des Alten ließ den Wanderer beim Aufstieg schwitzen. Aber er wollte ihn nicht wegwerfen – zu sehr liebte er die Erinnerung an den alten Mann. Höher und höher kletterte er, bis er schließlich den Paß erreichte. Danach führte ihn ein schmaler Pfad langsam wieder bergab. Ein paar Tage später war das Gebirge nur noch ein leichter Schatten am Horizont, und der nächste Morgen hüllte es in einen weichen Nebelschleier.

Der junge Mann wanderte viele Wochen. Schließlich erreichte er einen großen Wald. Nicht einmal einen Fußpfad konnte er in dem dichten Gewirr von umgestürzten Bäumen, Schlingpflanzen, Blüten und Blättern ausmachen. Mit aller Kraft bahnte er sich trotzdem einen Weg. Es roch nach Zerfall. Obwohl die Sonne kaum den feuchten Boden erreichte, keimte und sproß es überall. Am Abend kam er müde und erschöpft an eine Lichtung. Vor einer Hütte saß eine Frau und sang ein Lied in die wispernden Bäume. Als sie den Mann sah, lächelte sie, ließ sich aber nicht unterbrechen. Er wartete schweigend, bis die Frau ihn heranwinkte: „Ich freue mich, daß du gekommen bist“, lächelte sie.

„Hast du mich denn erwartet?“ Der junge Mann trat erstaunt einen Schritt zurück. „Aber ich wußte doch selbst nicht, daß ich hierher kommen würde!“

„Aber ich“, sagte die Frau, und ihr Lachen war so herzlich und offen, daß der junge Mann mitlachen mußte. „Du suchst den Sinn des Lebens, nicht wahr? Deshalb bist du unterwegs.“

„Woher weißt du das?“

„Ich wußte es schon immer.“ Die Frau sprach sehr bestimmt. „Wenn du den Sinn des Lebens erfahren willst, bleibe hier.“

Der junge Mann blieb bei der Frau in dem wild wuchernden Urwald. Sie bereitete ihm ein warmes, weiches Lager, und er half ihr die Felder zu bestellen und bei der Jagd. Nach fünf Jahren sagte sie eines Tages zu ihm: „Morgen wirst du weiterziehen. Es ist Zeit!“

Der Mann war damit überhaupt nicht einverstanden. Weshalb sollte er weitergehen? Ihm gefiel es hier. Er hatte alles, was er brauchte. Er wollte nicht weg.

„Hast du vergessen, weshalb du unterwegs bist? Du hast mich nie mehr nach dem Sinn des Lebens gefragt. Hast du ihn inzwischen gefunden?"

Der Mann schüttelte den Kopf und war auf einmal sehr bedrückt.

„Schau dir diesen dichten Wald hier an. Er ist, wie ich mir das Leben wünsche. Hier gibt es ein ständiges Werden und Vergehen. Pflanzen und Bäume sterben und tausendfach werden andere neu geboren. Der Wald ist Kraft und ständige Erneuerung. So soll mein Leben sein, und deshalb lebe ich hier. Aber ich spüre auch, daß du nach etwas anderem suchst. Deshalb mußt du weiterziehen." Sie reichte dem Mann ein kleines Lederbeutelchen: „Hier, nimm diese Samenkörner mit. Wenn du gefunden hast, was du suchst, säe sie aus. Sie werden aufgehen und dich ein wenig an diese Zeit deines Lebens erinnern."

Obwohl er gerne bei der Frau geblieben wäre, packte der Mann am nächsten Morgen seine wenigen Habseligkeiten zusammen und machte sich wieder auf den Weg.

Lange irrte er durch den Wald, der immer dichter und wilder wurde. Oftmals sah er nur von einem mächtigen Baum zum andern, seine Beine versanken im morastigen Boden, und seine Arme kämpften mit den herabhängenden Schlingpflanzen. Abends, wenn er zerschunden und müde seine Decke ausrollte, um sich schlafen zu legen, zerzauste oft ein kühler Westwind die Wipfel der Baumriesen. Dieser trug etwas mit sich, einen feinen Geruch, den der Mann noch nicht kannte, der ihn aber neugierig machte. Also folgte er dem abendlichen Wind, und eines Tages wob vor ihm ein blaues Meer ein weiches Tuch aus Wellen. Der Mann wußte jetzt, was ihn hergeführt hatte.

Den ganzen Tag wanderte der Mann am warmen Strand, und die Wellen umschäumten seine Füße. Als die Sonne den Horizont berührte, entdeckte er eine kleine Hütte am Rande der Dünen.

Unten am Meer entwirrte ein Fischer sein Netz und begrüßte den Mann: „Hier, halte mal das Netz. Die Fäden sind ziemlich durcheinander." Der Wanderer gehorchte, während der Fischer sich mit den verworrenen Fäden beschäftigte. Höflich fragte er den Fischer, ob er heute nacht in seiner Hütte schlafen könne. „Natürlich", erwiderte der Fischer. „Das Bett ist schon bereitet, und auf dem Herd steht eine Suppe."

„Hast du mich denn erwartet?" Der Wanderer blickte ihn mit großen, hellen Augen an.

„Alle kommen zu mir – früher oder später", murmelte der Fischer und blickte hinaus auf das Meer.

Der Mann blieb sieben Jahre in der Hütte am Rande der Dünen. Er lernte Netze auswerfen und einholen, half dem Fischer, sie zu entwirren und zu flicken. Er begriff, daß er auch vom Meer etwas über den Sinn des Lebens erfahren konnte, obwohl der Fischer nie darüber sprach.

Am Abend, bevor er wieder aufbrechen wollte, sagte er zum Fischer: „Ich habe hier viel gelernt. Du hast nie darüber gesprochen, aber für dich ist das Meer wie das Leben. Es ist mächtig und immer in Bewegung. Jede Welle ist anders. Manchmal brüllt es wild im Sturm und dann streichelt es wieder zärtlich den Strand. Es gibt alles, was man braucht, aber es läßt sich zu nichts zwingen."

Der Fischer legte das Netz zur Seite und sah dem Mann in die Augen: „So ist es", meinte er dann, „ich kann dich nichts mehr lehren. Schön, daß du es selbst erfahren hast. Wenn du morgen weiterziehst, nimm diese Muschel mit. Wenn du sie an dein Ohr hältst, wirst du immer das Rauschen des Meeres hören."

Am nächsten Morgen brach der Mann früh auf. Der Falke tobte wild in der Luft, der Stein aus dem Gebirge wog immer noch schwer im Gepäck, die Samenkörner waren gut verpackt, und auch die Muschel hatte er nicht vergessen. Es war eine lange Wanderung. Er vermied das hektische Lärmen der Städte und den geschwätzigen Plausch der Dörfer. Sein Weg führte ihn in immer einsamere und stillere Gegenden. Schließlich erreichte er eine große, steinige Wüste. Es gab keine Wege mehr. Der Mann schloß die Augen. Er hörte nichts. Kein Windhauch fächerte die heiße Luft. Selbst der Falke schwieg und rührte sich nicht von seiner Schulter.

Den ganzen Tag wanderte er durch die Wüste. Das grelle Licht der Sonne blendete ihn, der heiße Sand brannte an seinen Fußsohlen. Aber was kümmerte es ihn? Er hatte die Augen fast geschlossen – außer seinem Atem und dem gleichmäßigen Pochen seines Herzens gab es keine Geräusche. Am Abend, sein Schatten wanderte ihm schon lange Zeit voraus, hörte er eine Stimme. Er blickte sich um und bemerkte eine winzige Hütte. Im Schatten des weitausladenden Daches saß eine Gestalt. Langsam ging der Wanderer auf die Hütte zu. Die Gestalt war still, und der Mann wußte plötzlich, daß er hier die Antwort auf seine Frage finden würde. Inzwischen war die Nacht wie ein kühler, dunkler Schatten über die Wüste gefallen. Als der Mann die Hütte erreichte, war es bereits so dunkel, daß er die Gestalt nur noch schemenhaft erkennen konnte. „Sei mir gegrüßt, fremder Wanderer. Ich teile Brot, Salz und Wasser mit dir." Die Stimme der dunklen Gestalt war wie das Wispern des Abendwindes in der Steppe. „Hier enden alle Wege", hörte er die Gestalt wieder. Jetzt klang die Stimme wie das Atmen des morgendlichen Waldes, wenn die Sonne in den Tautropfen glitzert. „Und hier beginnen auch alle Wege wieder". War es wirklich die dunkle Gestalt, die zu ihm sprach? Oder hörte er die Melodie eines kleinen klaren Bergbaches.

Immer noch versuchte der Wanderer das Gesicht der Gestalt zu erkennen, aber die Schatten unter dem Dach waren zu dunkel. Nur manchmal konnte er im Widerschein des aufgehenden Mondes zwei helle Augen blitzen sehen.

„Ich habe eine Frage", begann der Wanderer. Aber die Gestalt unterbrach ihn: „Die Frage hat dich", und die Stimme war fröhlich wie das Spiel kleiner Wellen, die sich an Uferfelsen brechen. „Deshalb bist du doch schon so lange unterwegs."

„Was ist der Sinn des Lebens?" Der Mann stand regungslos in der Stille der nächtlichen Wüste und wagte kaum zu atmen.

„Du warst in der Steppe und im Gebirge. Du hast im Urwald gelebt und am Meer. Jahrelang hast du dir dein Gehirn zermartert – und weißt es immer noch nicht?"

Der Wanderer sah hinaus in die Wüste, wo der Mond sanfte Schatten in den Sand zeichnete. Er lauschte in die Stille und erwiderte schließlich: „Nein, ich weiß es immer noch nicht. Überall wurde mir ein anderer Sinn gelehrt. Immer hörte es sich richtig und gut an, und doch schien auch immer etwas zu fehlen."

Die dunkle Gestalt nickte leicht. „Dein Weg mag hier enden – oder nicht", hörte der Wanderer die Stimme, oder war es das Geräusch der Sandkörner, die sich an den Steinen der Wüste rieben?

„Was ist nun der Sinn des Lebens?" rief der Wanderer verzweifelt. „Ich finde einfach keine Antwort!"

Die Gestalt hob einen Arm. Der Falke wurde unruhig auf der Schulter des Wanderers und erhob sich schließlich mit einem kurzen Flügelschlag, um auf dem Arm der Gestalt zu landen. „Gib mir den Stein, die Samenkörner und die Muschel", befahl sie. Der Wanderer legte das Gewünschte auf den Tisch. „Der Sinn des Lebens, fremder Wanderer, ist die Steppe, das Gebirge, der Urwald, das Meer und die Wüste – und doch keines von allem." Die Stimme war jetzt sanft wie der Tanz schillernder Farben eines Regenbogens. „Der Sinn des Lebens, Wanderer, *ist* das Leben!" Dann erhob sich die dunkle Gestalt, steckte Stein, Samenkörner und Muschel unter den weiten Umhang und ging langsam und gebückt, den Falken auf der Schulter, in die kleine Hütte.

Der Mann saß die ganze Nacht vor der Tür in der Wüste. Der Mond und die Sterne zogen über ihm ihre Bahn – und zum ersten Mal in seinem Leben dachte er an nichts. Er hörte das ruhige Schlagen seines Herzens und sein Atem wurde tief.

Als sich der Morgen mit frischer, kühler Feuchtigkeit auf seine Haut legte, erhob er sich, um seinen Weg zu suchen. Er brauchte jetzt nicht mehr nachzudenken und zu grübeln. Vielleicht würde ihm dies manchmal helfen auf dem weiten Weg, der vor ihm lag – doch finden würde diesen Weg allein sein Herz.

Roland Kübler

Der Zauberspiegel

Damals, als sich diese Geschichte zutrug, drehte sich die Erde viel langsamer als heute. Die Kontinente waren noch nicht auseinandergetrieben, und weder Tiere noch Menschen wurden von Grenzen in ihren Wanderungen behindert.

Das Mädchen Enea lebte in jener fast vergessenen Zeit allein in einer bescheidenen Hütte. Wie so oft, schlenderte Enea auch an diesem hellen Frühlingsmorgen hinaus in den noch stillen Wald. An einem kleinen See ließ sie sich nieder und schleuderte immer wieder rund gescheuerte Kiesel in das klare Wasser. Sie liebte es, mit den Blicken in den sich ausbreitenden Kreisen der kleinen Wellen zu versinken und zu träumen.

Plötzlich wurde sie durch einen schrillen Hilferuf aufgeschreckt, den verzweifelten Schrei einer Frau. Ohne zu zögern, rannte sie los. Hinter einigen Sträuchern fand sie ein hilfloses Bündel Mensch in einem Netz gefangen, das an einem kräftigen Ast baumelte. Immer wieder stieß die gefangene Frau Hilferufe aus, während sie sich wütend in den kräftigen Maschen hin und her warf.

„Sei doch still!“ rief Enea, als sie unter den Baum trat. „Sei doch still und bleib ruhig liegen. Sonst kann ich dir nicht helfen.“

Erleichtert wandte die Frau im Netz den Kopf und sah zu dem Mädchen hinunter. „Endlich hat mich jemand gehört“, rief sie atemlos. „Schnell, hilf mir aus dieser Falle! Du kannst dir wünschen was immer du willst, aber rette mich, bevor die Gnome kommen.“

„Du brauchst mir nicht zu sagen, daß du mir Wünsche erfüllst“, erwiderte Enea, „daran glaube ich nicht, und außerdem hätte ich dich auch so losgeschnitten.“

Gewandt kletterte sie auf den Baum, und mit ihrem kleinen Messer, das sie sonst zum Pilzesammeln benutzte, säbelte sie so lange am starken Tau des Seiles, bis es schließlich aufdröselte und riß. Eilig befreite sich die Frau aus dem verworrenen Netz und hastete mit Enea zurück zum See. Mürrisch und wütend blickte sie immer wieder hinter sich, halblaut Beschwörungsformeln vor sich hinmurmelnd. Am See angekommen setzten sich die beiden aufatmend in das dichte Gras. Enea blickte die Frau neugierig an. Es war schwierig, ihr Alter zu schätzen. Wenn sie lachte, wirkte sie recht jung, doch aus den Falten ihres Gesichts sprach auch die Weisheit vieler Generationen.

„Wie bist du denn in das Netz geraten?" fragte Enea schließlich. Die Frau blickte sie lange prüfend an. „Ich bin eine Zauberin", begann sie dann, „und die Gnome sind mir feindlich gesonnen. Sie haben diese Falle ausgelegt. Normalerweise können sie mich nicht festhalten, da mein Zauber mächtiger ist als ihrer. Deshalb haben sie auch Angst vor mir. Aber dieses verfluchte Netz wurde mit einem Bann belegt, den ich nicht brechen konnte. Ich werde in Zukunft vorsichtiger sein müssen."

Enea runzelte die Stirn: „Es gibt keine Zauberinnen und schon gar keine Gnome. Das weiß doch jedes Kind." Wütend warf sie einen Kiesel in den See. „Warum erzählst du mir das?"

„Überall gibt es Gnome und Zauberinnen, aber auch Hexen und Magier. Man muß sie nur sehen wollen. Ich hab dir versprochen, alle deine Wünsche zu erfüllen. Was willst du denn jetzt am liebsten?"

Enea brauchte nicht lange zu überlegen. „Jetzt will ich gerade ein Erdbeereis und einen süßen Tee aus Hibiskus", sagte sie sofort.

Die Zauberin legte die Hände vor der Nasenspitze zusammen, auf ihrer Stirn zeigten sich drei Falten, und vielleicht wackelte sie auch ein wenig mit den Ohren. Auf jeden Fall standen plötzlich die gewünschten Dinge vor dem Mädchen. Das rot leuchtende Erdbeereis war sogar noch mit einem dicken Klecks schneeweißer Sahne verziert. Enea blieb der Mund offenstehen. Sie konnte nicht einmal „ooh" oder „aah" sagen. Auch der Kiesel, den sie gerade noch in den See schleudern wollte, lag vergessen in der Hand. „Das gibt es nicht", stammelte sie fassungslos, „das gibt es einfach nicht! Wie hast du das gemacht?"

„Ich hab doch gesagt, daß ich eine Zauberin bin!"

Enea bekam große, kugelrunde Augen. „Du kannst mir wirklich alle meine Wünsche erfüllen?"

„Ich habe es versprochen", sagte die Zauberin und lächelte ein klitzekleines Lächeln, in dem sich der frühlingsgrüne See spiegelte.

„Ich will ein Schloß. Ganz für mich. Weißt du, ich lebe in einer kleinen, schäbigen Hütte. Und dann will ich Diener, die mir jeden Wunsch von den Augen ablesen. Und ein Pferd, einen Hund und viel Geld. Und einen jungen Prinzen, der nur mich liebt. Und jeden Abend Erdbeereis, und ein weiches Daunenbett, und daß jeden Tag die Sonne scheint, und, und, und ...“ – Enea war so aufgeregt, daß sie sich verhaspelte und verschluckte.

Die Zauberin schaute das Mädchen ernst an: „Ich habe es versprochen. Dann soll es auch so sein. Alle deine Wünsche haben sich erfüllt. In jedem Jahr werde ich gerade an diesem Tag hier am See sein und auf dich warten.“ Daraufhin legte die Zauberin wieder ihre Hände vor die Nasenspitze, auf der Stirn erschienen die drei Falten, sie murmelte einige Worte in einer fremden Sprache und war plötzlich verschwunden.

Enea war allein und blickte sich um. Die Bäume rauschten leise im Spätnachmittagswind, der See kräuselte sich still und brummelte seine Weisheit an die Uferkiesel. Ihr wurde unheimlich. Schnell erhob sie sich und hastete zu ihrer Hütte zurück. Als sie unter den letzten Bäumen hervortrat, schloß sie vor Schreck die Augen und kniff sich kräftig in den Arm. Vorsichtig blinzelte sie nach kurzer Zeit wieder unter den Wimpern hervor. Was sie sah, verschlug ihr den Atem: Es gab keine Hütte mehr. Wo sie früher gewohnt hatte, erhob sich nun ein großes Schloß.

Zögernd ging sie weiter. Die Wachen präsentierten die Lanzen, daß der Steinboden dröhnte. Ehrfurchtsvoll und gleichzeitig gebieterisch riefen sie dann: „Die Königin kommt! Seid bereit!“

Sofort strömten auf geheimnisvolle Weise Diener und Lakaien herbei, verbeugten sich tief und lasen dem Mädchen jeden Wunsch von den Augen ab. Alles war wirklich so, wie es sich Enea gewünscht hatte. Das Erdbeereis am Abend war verlockend sahnig, das Daunenbett prall gefüllt und warm. Und der junge Prinz übertraf alle ihre Erwartungen. Kein Wunsch, den er ihr nicht schon erfüllt hätte, noch bevor sie ihn aussprach, kein Tag, an dem er ihr nicht beteuerte, daß er sie und nur sie liebe, keine Stunde, in der er ihr widersprach oder zürnte.

Eigentlich könnte die Geschichte hier enden, und vielleicht wäre es ein schönes Märchen für Enea geworden, aber –, es kam alles ganz anders.

Nein, nicht daß jemand denkt, die Zauberin hätte nicht Wort gehalten. Es war und blieb alles genauso, wie Enea es sich gewünscht hatte. Trotzdem – oder vielleicht gerade deshalb –, nach einiger Zeit wurde Enea unzufrieden und böse. Sie brüllte Diener, Lakaien und Wachen an. Den Prinzen, von dem sie noch vor kurzem hingerissen war, demütigte sie und wollte ihn nicht mehr sehen – und sogar jetzt beteuerte er ihr immer noch, wie sehr er sie und nur sie liebe. Das Erdbeereis warf sie jeden Abend aus dem

Fenster, und eines Nachts schlitzte sie sogar ihre Daunendecke auf. Schließlich erinnerte sich Enea an die Zauberin.

Als ein Jahr vergangen war, machte sie sich früh am Morgen auf zu jenem See im Wald. Am Ufer saß schon die Zauberin auf einem großen Stein und blickte ihr entgegen. „Du siehst nicht sehr zufrieden aus“, begrüßte sie das Mädchen und nahm deren Hand.

„Ich bin auch nicht zufrieden“, murmelte Enea.

„Fehlt irgend etwas in deinem Schloß? Habe ich etwas vergessen?“ Die Zauberin musterte sie aufmerksam.

„Nein, nein“, sagte Enea, „es ist alles, wie ich es mir gewünscht habe, nichts fehlt. Nur, ich bin wütend, ärgerlich und mißmutig und weiß nicht, warum! Kannst du mir helfen?“

Die Zauberin überlegte lange. Dann zog sie das Mädchen neben sich auf den Stein: „Es gibt vieles, was ich dir erfüllen kann. Aber es gibt auch einiges, das du dir selbst erfüllen mußt. Es gibt keinen Zauber, der die Unzufriedenheit aus deinem Herzen vertreibt und keinen geheimen Spruch, der Mißmut in Fröhlichkeit verwandeln könnte.“

„Dann ist mir also nicht zu helfen?“ flüsterte Enea traurig.

„Meine Hilfe kann ich dir schon anbieten“, erwiderte die Zauberin ernst, „aber ich kann dich nicht mit meinem Zauber zufrieden und fröhlich machen.“

„Wie willst du mir dann helfen?“ klagte Enea und sprang verzweifelt auf.

„Ich werde dir meinen Spiegel geben“, sagte die Zauberin und griff unter ihren weiten Umhang.

„Ist es ein Zauberspiegel?“ Hoffnungsvoll strahlte Enea die Zauberin an.

„So könnte man ihn vielleicht nennen.“ Jetzt lächelte die Zauberin wieder ein wenig.

„Was kann man darin sehen?“ Aufgeregt hüpfte Enea von einem Bein auf das andere.

„Du kannst dich darin sehen“, sagte die Zauberin.

„Ooch.“ Enea war sehr enttäuscht. „In meinem Schloß gibt es in jedem Zimmer goldene und silberne Spiegel. Jeden Tag kann ich mich darin sehen. Was soll an deinem Spiegel so besonders sein?“

„Sieh doch mal hinein“, lächelte die Zauberin und hielt ihr den Spiegel vors Gesicht. Enea erblickte darin das Gesicht eines kleinen Kindes. Die Augen waren trotzig zusammengekniffen, die Mundwinkel hingen mißmutig nach unten, und auf der Stirn zeigten sich böse, steile Falten. „Wer ist dieses Kind?“ Sie trat näher an den Spiegel, um genauer sehen zu können. „Warum schaut es so böse, trotzig und mißmutig?“

„Kennst du das Kind wirklich nicht?“ fragte die Zauberin verwundert. „Sieh es dir genau an!“

Lange schaute Enea. Dann zuckte sie plötzlich zurück. Sah wieder hin. Wandte sich ab und vergewisserte sich nochmals. Nachdem sie einen dicken Kloß hinuntergeschluckt hatte, flüsterte Enea: „Das bin ja ich. Dieses Kind bin ich! Aber so habe ich nie ausgesehen, als ich klein war – und trotzdem, das Kind im Spiegel bin ich!“

Die Zauberin nickte: „Ja, das bist du. Nicht, wie du als Kind warst. Nein, der Spiegel zeigt dir, wie du jetzt bist. Du stehst zwar hier als junge Frau in den Kleidern einer Königin. Der Spiegel läßt sich jedoch nicht betrügen. Er zeigt, wer du in Wirklichkeit bist. Ich schenke ihn dir. Auf das Schloß und all die anderen Sachen mußt du dann aber verzichten.“

Weil Enea sehr verzweifelt war, willigte sie ein. Und kaum hatte sie genickt, stand sie wieder in den alten, oftmals ausgebesserten Kleidern am See. Die Zauberin war verschwunden, und der Spiegel lag auf dem großen Stein. Nochmals nahm ihn Enea in die Hand. Auch jetzt sah sie darin wieder jenes kleine Kind, das sie war. Aber es schaute nicht mehr ganz so trotzig und mißmutig – und fast schien es Enea, als sei das Kind ein wenig gewachsen.

Einige Zeit lebte sie wieder in der alten Hütte. Dann fühlte sie sich dort jedoch sehr allein. Sie packte die wenigen Habseligkeiten zusammen, vergaß auch den Spiegel nicht und machte sich auf eine lange Reise. Enea erlebte viel, erfuhr Gutes und Schlechtes, fand Freunde, aber schaffte sich auch einige Feinde. Inzwischen wußte sie selbst am besten, was für sie gut und richtig war. Immer wieder schaute Enea in den Spiegel und freute sich daran, wie das kleine Kind darin wuchs, älter und reifer wurde. Nach langen Jahren kam sie wieder einmal in die Nähe ihrer alten Hütte. Sie suchte den kleinen See im Wald auf. Dort hatte sich kaum etwas verändert. Die Büsche standen ein wenig dichter, und die Bäume streckten ihre Kronen noch höher in den Himmel. Die Zauberin saß auf dem großen Stein und winkte ihr freudig zu. „Du bist älter geworden. Trotzdem leuchtet in deinen Augen noch der Blick des Mädchens, das mich aus dem Netz befreit hat", begrüßte sie Enea. Liebevoll umarmten sie sich.

„Ich bin froh, dich hier zu treffen. Ich will dir danken und dir deinen Spiegel wiedergeben. Er hat mir sehr geholfen."

„Nicht der Spiegel hat dir geholfen! Er hat dir nur gezeigt, was du sowieso gewußt hast. Du wolltest es nur allzuoft nicht wahrhaben", sagte die Zauberin. „Komm, schau noch ein letztes Mal hinein."

Die Zauberin nahm den Spiegel und hielt ihn Enea hin. Ein Gesicht blickte Enea ernst und offen an: das Gesicht eines kleinen Kindes, das eines Mädchens, einer Frau, einer Königin in abgetragenen Kleidern. Und ein wenig meinte sie auch die weisen Züge der Zauberin zu erkennen.

Und doch war es nur ein Gesicht – ihr eigenes.

Die Frau aus dem Regenbogen

Heinz Körner

Es war einmal ein Mann, der in seiner Jugend etwas sehr Seltsames erlebt hatte. Niemals hatte er darüber gesprochen, niemandem davon erzählt. Doch immer hatte er dieses Erlebnis in sich getragen und keinen einzigen Augenblick davon vergessen.

An einem lauen Sommerabend saß dieser Mann mit seinem Sohn unter einem Baum, um sich ein wenig auszuruhen. Und an diesem Abend begann er zu erzählen, gerade als die Sonne sich verabschiedete, und die Nacht sanft und warm den Alten und seinen Sohn in ihre Arme nahm: „Unter diesem Baum, mein Junge, da bin ich vor vielen, vielen Jahren auch gesessen, als mir damals etwas Unerklärliches und Geheimnisvolles geschah."

Sein Sohn blickte ihn erstaunt an. Nie war sein Vater ein großer Erzähler gewesen. Doch nun fuhr er fort: „Es war auch so ein warmer Sommertag wie heute. Ich war noch jung, etwa in deinem Alter. Ich suchte ein wenig Ruhe und ging spazieren, als mich plötzlich ein Regen überraschte, einer von diesen kurzen, aber heftigen Sommerregen. Unter diesem Baum fand ich damals Schutz. Und nach dem Regen blieb ich noch ein wenig sitzen, um mich von der Sonne wieder wärmen und trocknen zu lassen."

Er atmete tief durch, schwieg eine Weile und blickte seinem Sohn forschend in die Augen. Dieser erwiderte den Blick seines Vaters offen und aufmerksam und wartete. „Ja", sprach der Alte weiter, „dann geschah es. Ich weiß nicht, ob ich eingeschlafen war oder was auch immer geschehen sein mag, jedenfalls schreckte ich plötzlich auf. Ein unglaublich schöner Regenbogen überspannte den ganzen Himmel. Doch seltsam: Das Ende dieses Regenbogens schien nur wenige Schritte von mir entfernt zu sein. Ich war verwirrt und wußte nicht, wie mir geschah. Da trat plötzlich aus diesem Rausch der Farben eine Frau auf mich zu."

Sein Sohn runzelte ein wenig die Stirn. Der Alte nahm dies wohl wahr, redete aber einfach weiter: „Ich weiß, daß das verrückt klingt. Aber glaub mir: Genauso ist es damals geschehen."

Noch einmal holte er tief Luft. „Diese Frau war wie ein Traum. Sie war alles, was sich ein Mann bei einer Frau nur wünschen kann. Ich meine nicht nur Äußerlichkeiten. Obwohl ich sie ja nie zuvor gesehen hatte, wußte ich das alles sofort. Wirklich seltsam ..." Er schüttelte nachdenklich den Kopf. „Nun ja, wie dem auch sei", nahm er den Faden wieder auf, „diese Frau aus dem Regenbogen setzte sich neben mich und sprach mit mir. Um ehrlich zu sein: Ich sprach mit ihr. Sie selbst sagte eigentlich nur drei Sätze. Aber ich erzählte und erzählte und konnte gar nicht aufhören. Vielleicht war es die Aufregung, vielleicht meine Unsicherheit, wer weiß? Ich redete von mir und meinen Träumen, von meinen Sorgen und Nöten, von allem Möglichen. Später schämte ich mich, weil ich wie ein Wasserfall geredet hatte. Doch ich glaube, sie hat es verstanden. Wohl niemals in meinem Leben habe ich so viel und so lange geredet wie damals."

Sein Sohn blickte ihn liebevoll an, fühlte sich seinem Vater auf einmal sehr nahe und hätte ihn am liebsten in die Arme genommen. Doch er tat es nicht, sondern fragte: „Diese drei Sätze, Vater, erinnerst du dich noch an sie?"

„Aber sicher", nickte sein Vater, „ich habe sie nie vergessen. Es waren eigenartige Sätze. Einer lautete: Es liegt in deiner Hand, du bestimmst dein Leben, auch wenn es nicht immer so scheint." Nachdenklich blickte er vor sich hin und schwieg.

„Und die anderen Sätze?" fragte sein Sohn weiter.

„Ach ja!" Der Alte schien aus einem Traum zu erwachen, und es war, als müsse er erst wieder zu sich finden. Doch dann sprach er weiter: „Der zweite Satz war: Versuche die Menschen zu lieben, auch wenn sie es dir nicht leicht machen werden. Ich glaube, daß ich diesen Satz einigermaßen verstanden habe. Immer habe ich im Grunde versucht, auch so zu leben, obwohl ich heute fürchte, daß ich viel zu selten geliebt habe."

Wieder lächelte sein Sohn, und dieses Mal war er es, der eine Weile nachdenklich vor sich hinblickte.

„Der dritte Satz", fuhr sein Vater fort, „war der seltsamste. Ich habe ihn wohl nie ganz begriffen: Laß es so geschehen, wie es ist, auch wenn du manchmal lieber gegen vieles kämpfen möchtest." Er schwieg, und es schien, als habe er die Erzählung beendet.

Gedankenverloren folgte der Blick seines Sohnes einem welken Blatt, das im leichten Sommerwind zur Erde schwebte. Schließlich sagte er: „Es lohnt sich, über alle drei Sätze nachzudenken und zu reden, Vater. Mir scheint, du hast sie meistens nur mit dir herumgetragen und nur wenig davon verstanden, wenn ich dich und dein Leben so betrachte."

Sein Vater blickte ihm aufmerksam ins Gesicht. „Da magst du vielleicht recht haben", sagte er traurig und fuhr fort: „Weißt du, je älter ich wurde, desto mehr habe ich das auch gefühlt. Doch denke ich, daß nicht jeder dieser drei Sätze so stimmen muß. Man kann darüber auch streiten – obwohl ich es manchmal, tief in mir, anders fühle. Und heute ist es für vieles zu spät, mein Sohn."

„Ich weiß nicht, Vater", sagte der junge Mann. „Oft ist es nur eine Ausrede, wenn jemand so etwas sagt. Aber wie ging denn die Geschichte mit dieser Frau weiter?"

Jetzt war es der Vater, der seinen Sohn liebevoll anblickte und am liebsten in die Arme genommen hätte. Auch er erzählte statt dessen weiter: „Es war damals sehr spät geworden über meinem vielen Gerede und bereits dunkel, als ich auf einmal nichts mehr zu reden wußte. Da setzte sich diese Frau zu mir und nahm mich in ihre Arme." Der Alte lächelte und seufzte tief. „Und dann war sie sehr zärtlich zu mir. Ich glaube, sie brachte mir die Liebe bei, wie man das zu nennen pflegt. Nie wieder habe ich solch eine Frau erlebt."

„Du meinst körperliche Liebe?" wollte sein Sohn wissen.

Der Vater nickte: „Ja und nein. Es war mehr als körperliche Liebe, da war so vieles." Wieder schwieg er eine ganze Weile, bevor er stockend weitererzählte: „Es ist einfach nicht in Worte zu fassen, was da geschah. Weißt du, es war, als würde ich plötzlich losfliegen, mitten in den Sternenhimmel über uns. Der Mond hob mich empor und nahm mich in sich auf. Und die Sonne gab mir Kraft und zündete etwas in mir an, obwohl sie nicht einmal zu sehen war. Und die Sterne tanzten um mich, und ich flog mitten ins All, ins Herz aller Dinge. Und ich fühlte und erlebte, was ich einfach nicht beschreiben kann. Die Zeit stand still, und dann raste sie

wieder an mir vorbei. Mein Körper schien auseinanderzubrechen, und doch fühlte ich mich so fest und sicher in mir wie nie zuvor. Manchmal dachte ich, vor lauter wilder Leidenschaft irre zu werden, und doch war es in mir unglaublich still und friedlich." Er schüttelte den Kopf. „Ach, es ist einfach unbeschreiblich gewesen, im wahrsten Sinne des Wortes, was diese Frau damals mit mir gemacht hat."

Vater und Sohn blickten sich lange an. Dann sagte der Sohn: „Es war ja nicht nur die Frau, die etwas gemacht hat. Du hast ja auch dazu beigetragen, oder nicht?"

Sie saßen eine ganze Zeitlang schweigend beieinander. Es war still unter dem Baum und in der Nacht, und ein klarer, wunderschöner Sternenhimmel tat sich über ihnen auf. Die beiden Männer hingen ihren Gedanken nach, jeder seinen und doch den gleichen. Irgendwann räusperte sich der Sohn und fragte: „Und was geschah dann noch weiter, Vater?"

Sein Vater hob den Kopf, und wieder schien es, als wäre er eben erst aus einer anderen Welt zurückgekehrt. Schließlich antwortete er: „Eigentlich nichts Besonderes. Irgendwann in der Nacht bin ich damals zu mir gekommen. Es hat lange gedauert, bis ich mich und meinen Verstand wieder beisammen hatte. Die Frau war verschwunden und ich habe sie bis heute niemals wieder gesehen." Auf einmal schien er dem Weinen nahe. „Weißt du, mein Junge, ich habe sie immer gesucht. Hier unter diesem Baum, in jedem Regenbogen und in jeder Frau. Aber ich habe sie nie gefunden. Keine Frau war so wie sie, keine hat mir so zugehört, mir solche Sätze gesagt, mich in solche Leidenschaft versetzt. Und glaub' mir, ich habe viele Frauen gekannt. Auch deine Mutter, die ich wirklich sehr gern habe, auch sie ist nicht so wie diese Frau." Seine Stimme wurde leiser. „Die Frau aus dem Regenbogen ...", lachte er vor sich hin, „ich weiß nicht einmal ihren Namen. Und nie habe ich so richtig begriffen, was sie mir sagen wollte. Vielleicht habe ich deshalb mein ganzes Leben lang im Grund nur nach ihr gesucht."

Sein Sohn blickte ihn voller Wärme an. „Ich weiß nicht, Vater", sagte er. „Vielleicht?" Er dachte nach, rang nach Worten und fuhr schließlich fort: „Ich glaube, sie hat dir etwas Großes geschenkt: Liebe aus Leib und Seele." Er atmete tief die kühler werdende Nachtluft ein. „Ja, und du hast dieses Geschenk nicht weitergegeben, sondern dein Leben lang immer mehr davon gesucht, überall und jederzeit hast du noch mehr von dieser Liebe gesucht."

Er erhob sich und streckte sich ausgiebig. „Wie wohl jeder Mensch", sagte er dann weiter, „wir suchen alle nach Liebe, in jeder Frau und in jedem Mann, auch ich. Und dabei vergessen wir das Wichtigste."

Der Vater blickte zu seinem Sohn auf, Tränen in den Augen, fassungslos, und murmelte: „Du hast sie verstanden." Und noch einmal: „Ja, du hast sie verstanden." Und dann sagte er, noch immer unter dem Baum sitzend und zu seinem Sohn aufblickend: „Ich glaube, jetzt fange auch ich an zu verstehen. Komm, mein Junge, hilf deinem Vater nun auch noch beim Aufstehen."

Der junge Mann half seinem Vater, und schweigend machten sich die beiden auf den Heimweg in dieser kühler werdenden Sommernacht. Auf einmal raschelten in dem Baum die Blätter, und der Mond schien durch die Äste genau dorthin, wo die beiden Männer gesessen waren.

Weder Vater noch Sohn sprachen noch einmal über die Frau aus dem Regenbogen – aber etwas war zwischen ihnen geschehen, was unauslöschlich war. Beide hatten sich verändert. Auch die Frau des alten Mannes spürte das. Doch sie erfuhr niemals von dem Erlebnis ihres Mannes und von dem Gespräch zwischen Vater und Sohn.

Als der Sommer zur Neige ging, machte der Alte, wie so oft, einen Spaziergang am Nachmittag. Es war warm und roch nach Herbst, und etwas Eigenartiges lag in der Luft. Später regnete es kurz und heftig, und danach verzauberte ein unglaublich schöner Regenbogen den Himmel. Der junge Mann zeigte ihn seiner Mutter und dachte insgeheim an seinen Vater. Still lächelte er vor sich hin und verstand auf einmal noch mehr von der Suche seines Vaters. Wieviele Farben, so fragte er sich in diesem seltsamen Augenblick, wieviele Farben mag wohl die Sehnsucht haben?

Mitten in der Nacht wurde er von seiner Mutter geweckt. Voller Sorge bat sie ihn, nach dem Vater zu suchen, weil er von seinem Spaziergang nicht heimgekehrt war. Sofort machte er sich auf den Weg.

Aus irgendeinem Grunde wußte er, wo er seinen Vater finden würde. Und da war er dann auch. Still und friedlich lag er unter seinem Baum, ein glückliches Lächeln im Gesicht.

Der Sohn begriff sofort. Er nahm den alten Mann in die Arme und drückte ihn liebevoll an sich. Und während er bitterlich weinend mit seinem toten Vater in den Armen unter diesem Baum saß, rauschte es wieder in den Blättern, und der Mond warf ein mildes Licht auf die beiden.

Da huschte ein Lächeln über das tränenüberströmte Gesicht des jungen Mannes, und er flüsterte seinem Vater ins Ohr: „Du weißt es nun, nicht wahr? Sie hat es dir gesagt."

Er drückte ihn ein letztes Mal an sich und war sicher, daß sein Vater die Frau aus dem Regenbogen noch einmal gesehen hatte.

Roland Kübler

Das Geschenk des Herrschers

Wenn der Wind der Wüste nachts um die Zelte der Beduinen streicht und in den verglimmenden Feuern noch manchen Funken zu neuem Leben erweckt, erzählt er manchmal diese Geschichte:

Zu einer Zeit, die schon so lange vergangen ist, daß nicht einmal ich mich mehr daran erinnern kann, lebte hier am Rande der Wüste ein reicher und mächtiger Herrscher. Er besaß alles, was man sich nur vorstellen kann, und vor allem besaß er alles, was er sich nur vorstellen konnte. Dieser Herrscher hatte eine wunderschöne Tochter, die er über alles liebte. Als sie zu einer jungen Frau herangewachsen war, schenkte er ihr eine kleine Oase in der Wüste und errichtete ihr dort ein prächtiges Schlößchen. Seine Tochter sollte sich in dieser Oase erholen können, und außerdem war sie dort sicher vor den jungen Edelmännern und Grafen, die sie umschwärmten wie Fliegen den Honigtopf. Als der Vater mit seiner Tochter und viel Gefolge zum ersten Mal zu der kleinen Oase ritt, erlebte er jedoch eine böse Überraschung. Die Prinzessin war nämlich von ihrem Schlößchen und der ganzen Oase so begeistert, daß sie unter keinen Umständen wieder in die Stadt wollte. Ihr Vater bat, flehte und befahl – doch seine Tochter stellte sich mit dem Gesicht zur Wand und ließ sich nicht umstimmen. Sie wollte nicht mehr zurück in die Hauptstadt des Reiches, und sie wollte auch nicht, daß irgend jemand aus der Stadt sie besuchen käme. Nicht einmal ihrem Vater wollte sie dieses Recht einräumen. Niedergeschlagen und traurig kehrte der Herrscher in die Stadt zurück. Seine Berater beruhigten ihn: „Du wirst sehen, mächtiger Herrscher, deine Tochter wird der Einsamkeit sehr schnell überdrüssig. Schon bald wird sie sich zurücksehnen in die Stadt.“ Der Herrscher vertraute den Beratern und hoffte auf die Zeit. Aber die Jahre vergingen und verrannen wie das Wasser einer ungefaßten Quelle im heißen Wüstensand.

Eines Tages beschloß der mächtige Herrscher, bei der Oase seiner Tochter ein großes Fest zu veranstalten. Er wollte noch einmal versuchen, sie davon zu überzeugen, wieviel besser doch das Leben in der Hauptstadt des Reiches und vor allem an seiner Seite sei.

Mit äußerster Sorgfalt wurde das Fest geplant und vorbereitet. Endlich nahte die festgelegte Zeit und der Herrscher, der gesamte Hofstaat und viele, viele Menschen mit ihnen zogen hinaus vor die kleine Oase. Dort schlugen sie ihre Zelte auf, schlachteten Hammel und Hühner und bereiteten am ersten Abend ein großes Festmahl. Der kommende Morgen wurde mit Spannung erwartet, denn es sollte ein Redner auftreten, dessen Überzeugungskunst und Argumentation sogar wilde Wüstenlöwen zu sanften Hauskatzen werden ließ. Am Morgen, gerade als die Sonne den Sand zu erwärmen begann, kletterte der Redner auf ein vorbereitetes Podest und hielt mit kraftvoller Stimme seinen Vortrag. Die vielen Zuhörer waren hingerissen – war ihnen doch bis zu diesem Zeitpunkt noch nicht bewußt gewesen, wie herrlich das Leben in der Stadt sein konnte. Ergriffen und schweigend lauschten sie und schworen heimlich, niemals auch nur einen Gedanken daran zu verschwenden, von der Stadt wegzuziehen. Nur einige Beduinen saßen im Schatten ihrer Kamele und rissen Witze über die Rede.

Die Tochter des Herrschers, neugierig, was denn alle diese Menschen hier wollten, war am Morgen in die Dachkammer ihres Schlößchens gestiegen, um von dort alles gut beobachten zu können. Auch sie hörte den Redner, und ein wenig Sehnsucht bekam sie schon nach der Stadt. Dann aber blickte sie aus ihrem Fenster über die kleine Oase und fand die Bäume, den kleinen Teich, die Blumen und ihr Haus so schön, daß sie dachte: „Nein, hier kenne ich inzwischen alles. Schöner kann es woanders nicht sein. Weshalb sollte ich von hier weggehen?“ Dann schloß sie das Fenster und hörte dem Redner nicht mehr zu. Dieser sprach noch stimmgewaltig, bis die Mittagssonne so heiß brannte, daß seine Zunge aufquoll wie ein Hefebrot im Ofen und er schließlich kein Wort mehr herausbrachte.

Der Herrscher war sehr enttäuscht, weil seinem Plan kein Erfolg beschieden war, aber die Berater trösteten ihn: „Morgen wird ein Sänger die Tribüne besteigen, der so flehentlich singen kann, daß selbst jahrtausendealte Steine weinen müssen.“ Der Herrscher schöpfte Hoffnung und schlief beruhigt in seinem Zelt aus Seide und Damast.

Am nächsten Morgen begrüßte der Sänger die Sonne mit seinem Gesang und weckte die Menschen und auch die Tochter des Herrschers. Der Sänger sang so flehentlich, so sehnsuchtsvoll seine Lieder über die Rückkehr in die Hauptstadt, daß viele Menschen unverzüglich ihre Zelte abbrachen, um sofort zurück in die Stadt zu reiten. Die Prinzessin jedoch hörte den Gesang am kleinen Teich ihrer Oase; sie sah, wie sich die Seerosen und ihr eigenes Gesicht im Wasser spiegelten, und dachte: „So schön wie hier kann ich es nirgendwo haben. Was kümmert mich der Gesang."

Darauf schwamm sie im Teich, und immer, wenn der Gesang in ihr eine kleine Sehnsucht weckte, tauchte sie unter und hörte nichts mehr.

Der Sänger sang, bis die Sonne ihren Zenit überschritten hatte, dann war sein Hals so ausgetrocknet und rauh wie die alte Wüstenstraße der Beduinen, die faul neben ihren Kamelen lagen und dösten. Sie schienen den Gesang nicht einmal zu hören.

Der Herrscher war traurig und enttäuscht. Wieder war sein Plan fehlgeschlagen. Doch die Berater munterten ihn auf: „Morgen früh wird ein Harfenspieler sein Instrument erklingen lassen, und er kann spielen, daß sogar der Wind ehrfurchtsvoll verstummt." Das beruhigte den Herrscher und er fand den Schlaf des Gerechten auf seinen weichen Zobel- und Eisbärfellen.

Am Morgen schien die Sonne schneller als gewöhnlich über den Horizont zu steigen. Der Harfenspieler hatte schon begonnen, und vielleicht wollte die Sonne keinen Ton dieser wunderbaren Musik versäumen. Wieder weinten die Menschen vor Rührung und benetzten mit ihren Tränen den Wüstensand. Wieder hörte die Tochter des Herrschers die Musik, bekam ein wenig Sehnsucht, spielte dann aber mit einigen jungen Hunden im Garten, und das Bellen der Hunde übertönte die Musik der Harfe. Die Beduinen saßen neben ihren Kamelen und schliefen. Die Kamele fraßen Disteln, und ihnen schien die Musik zu gefallen. Der Musiker spielte, bis die Sonne einen langen Schatten warf – seine Finger waren aufgerissen und der Schweiß brannte in den Wunden.

Der mächtige Herrscher war der Verzweiflung nahe: „Wie soll ich denn meine Tochter noch überzeugen können? Es nützt alles nichts! Sie wird ewig in ihrer Oase hocken und dort verkümmern!" Die Berater redeten auf ihn ein – das machen sie immer, wenn sie nicht weiter wissen – und sagten: „Warte auf den nächsten Morgen. Wir haben einen Maler gefunden, der Bilder an die Wüstenfelsen malt, die so herrlich sind, daß sich sogar die Natur ihrer Unzulänglichkeit schämt." Dies beruhigte den Herrscher, und er ging in sein Zelt aus Seide und Damast, legte sich auf die Zobel- und Eisbärfelle und rechnete in Gedanken aus, was ihn dies hier alles kosten würde. Da er aber ein sehr mächtiger Herrscher war, bereitete ihm dies keine allzu großen Sorgen, und er schlief zufrieden ein.

Am Morgen mischte der Maler sorgfältig seine Farben, prüfte Pinsel und Pinselchen und wusch dann mit klarem Quellwasser die Felsen ab. Als er dabei war, die ersten Felsen zu bemalen, hätte sich die Sonne am liebsten hinter einigen dicken Regenwolken versteckt. Aber wo sollte sie diese in der Wüste herbekommen? So beeilte sie sich, um möglichst schnell wieder hinter dem Horizont verschwinden zu können. Sie hatte immer geglaubt, daß die Menschen eben nur die Natur kopieren, aber was dieser Maler auf die Felsen zeichnete, ließ sie und die gesamte Natur vor Neid erblassen. Die Menschen vor der kleinen Oase standen wie erstarrt und sahen nur noch diese Bilder. Sie vergaßen Essen und Trinken und konnten den Blick nicht mehr von der unbeschreiblichen Farbenpracht lösen.

In der Dämmerung, die Sonne hatte sich wirklich sehr beeilt, trat plötzlich die Prinzessin unter den Bäumen der kleinen Oase hervor, um sich diese Bilder näher zu betrachten. Doch in der Wüste kommt die Nacht sehr schnell, wenn die Sonne hinter dem Rand der Welt verschwunden ist, und so kam es, daß die Tochter des Herrschers die Bilder nicht mehr sehen konnte. Sie kehrte wieder zurück in ihre Oase. Dort entzündete sie überall kleine Lichter. Und als sie ihr Reich so erleuchtet sah, dachte sie bei sich: „Kein Bild der Welt kann so schön sein wie meine kleine Oase hier. Weshalb sollte ich also weggehen?"

Die Beduinen waren inzwischen dabei, ihre Zelte abzubrechen, die Wasserschläuche zu füllen und ihre Kamele zu striegeln. Ihnen war die ganze Sache langweilig geworden, und sie wollten deshalb weiterziehen.

Als die Prinzessin am Abend jedoch unter den Bäumen hervorgetreten war, hatte einer der Beduinen seinen Sattel wieder gelöst und zu den anderen gesagt: „Ich bleibe hier. Ich werde die Tochter des Herrschers entführen und euch dann folgen."

Zuerst wurde er ausgelacht, denn seine Freunde dachten an einen Scherz. Doch als sie erkannten, daß der junge Beduine es offenbar ernst meinte, setzten sie sich zu ihm in den Sand. „Hör mal, das kannst du doch nicht machen", sagten sie, „du weißt genau, was mit unserem Volk geschehen würde, wenn der Herrscher erfährt, daß du seine Tochter entführt hast."

„Ich will mit ihr leben!" sagte der Beduine entschlossen und wühlte mit seinen Fingern im Sand.

„Und wie willst du das erreichen?" spottete ein anderer. „Du hast doch gesehen, daß sie sich durch nichts überzeugen läßt!"

„Wenn ich nur wüßte, was ich machen soll?" murmelte der junge Beduine und starrte verzweifelt in den Himmel.

„Je, oh je." Ein ergrauter Mann ließ sein Kamel niederknien. „Die Sache ist ja wirklich ernster als ich dachte. Geht mal ein wenig zur Seite!" Die anderen Beduinen gehorchten, und der Alte setzte sich neben den verzweifelten Mann in den Sand.

„Du bist so erfahren", wandte sich dieser schließlich an den Alten, „kannst du mir keinen Rat geben?"

„Weißt du, mein Junge", sagte der Beduine ein wenig bedauernd, „ob ich dir bei der Sache helfen kann, weiß ich wirklich nicht. Aber was machst du, wenn du einen Edelstein holen willst?"

„Ich gehe dorthin, wo der Edelstein im Berg liegt!" erwiderte der junge Beduine. „Was soll ich wohl sonst tun?"

„Du raubst ihn also nicht aus irgendeiner Schatzkammer?" fragte der Alte listig.

„Nein!" Wütend blickte der junge Mann dem Alten ins Gesicht. „Du weißt genau, daß ich so etwas niemals tun würde!"

„Weshalb willst du dann diese junge Frau entführen?"

Niedergeschlagen und betroffen wandte sich der junge Beduine ab: „Du hast recht", sagte er nach einer langen Pause, „aber was würdest du mir denn raten?"

„Weißt du", sagte der Alte schließlich, und sein vom heißen Wüstenwind zerfurchtes Gesicht legte sich in angestrengte Falten, „ich glaube, das ist wie mit dem Edelstein. Auch ihn mußt du dort abholen, wo er seit langem im Gebirge liegt. Darauf zu warten, daß er zu dir kommt, hat so wenig Sinn wie das Warten auf Ebbe und Flut in einem ausgetrockneten Wüstenfluß."

Der junge Beduine warf eine Handvoll Sand in den Nachtwind, beobachtete versonnen, wie der Sand vom Wind fortgetragen wurde und meinte dann: „Ich werde zu ihr gehen und bei ihr wohnen. Vielleicht hast du recht, Alter, und wir sehen uns irgendwann einmal wieder."

Der mächtige Herrscher war in der Zwischenzeit durch das Lager vor der Oase getobt. Nichts hatte etwas genützt! Seine Berater hatte er in alle vier Windrichtungen gejagt und ihnen mit dem Tod gedroht, falls er sie jemals wieder, in diesem oder einem anderen Leben, zu Gesicht bekäme. Dann hatte er die Zelte abbrechen lassen und sich auf dem Heimweg überlegt, gegen welchen Stamm er jetzt einen Krieg anzetteln könnte.

Allein ein einsames Kamel und ein kleines Beduinenzelt blieben draußen in der Wüste zurück, am Rande der kleinen Oase. Der Mond stieg langsam in den nächtlichen Himmel, und vor dem kleinen Zelt saß ein junger Mann und schaute hinüber zu den Lichtern der kleinen Oase.

Er saß dort, bis die Sonne den kühlen Sand mit hellen Fingern behutsam streichelte, dann stand er auf und ging auf die Oase zu.

Wie ihr alle wißt, war es fast unmöglich, die junge Frau zu überzeugen, daß es auch eine schöne, aufregende Welt außerhalb ihrer Oase gibt. Doch irgendwann muß der junge Beduine es wohl geschafft haben. Eines Tages – niemand weiß heute mehr, wieviel Zeit vergangen war – trafen die Tochter des Herrschers und der junge Beduine bei dem wandernden Volk ein und setzten sich zusammen an das abendliche Feuer vor den Zelten. Gemeinsam brachen sie das Brot und bestreuten es mit weißem Salz. Als sie satt waren und zu ihrem Zelt gingen, sahen sie vor dem Eingang eine einsame Gestalt kauern. Es war der alte Beduine, der mit dem jungen Mann damals vor der kleinen Oase gesprochen hatte. Er sah die beiden auf sich zukommen und erhob sich. „Mein Rat war gut, wie ich sehe“, begrüßte er die beiden, und vor Freude trat er von einem Bein aufs andere.

„Er war gut, Alter“, erwiderte der junge Beduine, „aber da ist etwas, was ich dich schon lange fragen wollte. Was hätte ich eigentlich tun sollen, wenn sie mich nicht gastfreundlich aufgenommen und schließlich ihre Oase verlassen hätte?“

Der Alte knabberte ein wenig an seiner Unterlippe, dann schaute er die beiden verschmitzt an und lächelte: „Weißt du, mein Junge, es ist schon wichtig, manchmal jemanden dort abzuholen, wo er gerade ist. Aber manchmal ist es wohl auch richtig, jemanden dort zu lassen, wo er gerade sein will!“

Dann umarmte er die beiden fest, drehte sich um und ging summend auf sein kleines Zelt zu.

Pet Partisch

Die Steinpalme

Eines Tages kam ein Brief. Eine Leserin schickte mir den handgeschriebenen Text einer Legende aus der Sahara. Es ist eine dieser Geschichten, wie sie oft in arabischen Ländern abends an den Feuern erzählt werden. Jeder kennt sie, jeder erzählt sie irgendwann einmal weiter. Auf dem Boden dieser Legende entstand folgendes Märchen:

Es war Spätnachmittag, und es war ein Wind aufgekommen, der leise über die Haare streicht und auf dem Gesicht eine Ahnung von Kühle hinterläßt.

Es war die Zeit, die zum Erzählen verführt, ja, die Lust auf Märchen wurde so zwingend, daß alle den weisen Raman baten, doch eine seiner wundervollen Geschichten zu erzählen.

Der kluge, alte Mann lächelte. Er überlegte einen Augenblick und rief dann: „Wir treffen uns an der Steinpalme, wenn die Feuer angezündet werden!“ „Steinpalme? Was bedeutet das?“ riefen sie hinter dem Alten her.

„Sucht sie!“ Er sagte dies schon im Fortgehen. „Sucht sie! Der Baum ist nicht zu verfehlen.“

Noch ehe die Nacht plötzlich hereinfiel, hatten sie den Baum gefunden.

Neben den vielen Palmen am Strand, die in ihrer schlanken Schönheit wie winkende Frauen zu sein schienen, stand diese eine etwas abseits, doch so, daß ihre starken, dunkelgrünen Blattfächer die neben ihr stehenden Bäume leicht berührten.

Es war eine eigenartig geformte Palme!

Sie wirkte gedrungen, mit einem mächtigen Stamm und starken Fächern, die in ihren Bewegungen sichtbare Mäßigung zeigten und nichts von der Heiterkeit hatten, die alle anderen Palmen so weiblich machte.

Das Merkwürdigste aber war die Krone der Palme! Der Baum neigte sich mit seinen Blattfächern zur Mitte hin.

„Seht nur genau hin“, sagte der alte Erzähler, der sich in ihre Mitte gesetzt hatte, „achtet auf das nächste Wehen des Windes.“

Und sie konnten es sehen!

Als der Wind die Fächer der Bäume etwas auseinanderwehte, da sahen sie es: Im Herzen der Palme, dort, wo sonst die neuen, hellgrünen Triebe aus der Mitte des Stammes nach oben drängten, lag ein mächtiger, rötlicher Stein, ein Stein, wie unzählige am Strand herumlagen.

Raman ließ keine Zeit zum Fragen. Mit einer weiten Armbewegung zeigte er, daß sich alle im Kreis setzen sollen. Ein Feuer wurde in der Mitte angezündet, und die Nacht kam schnell und fiel über alles wie ein dunkles Tuch.

Der Schein des Feuers erreichte den Stamm der großen Palme und malte auf den Schuppen bizarre Zeichen. Wenn eine Flamme hell aufflackerte, konnte man die Krone des mächtigen Baumes ahnen.

„Ihr wollt wissen, wie der große Stein dort oben hinaufgekommen ist?" begann Raman seine Erzählung. „Nun, dies geschah vor vielen, vielen Jahren, als diese mächtige Palme noch ein winziger Bäumling war. Hier waren damals noch keine Häuser, und es gab auch noch keinen Brunnen. Nur einige Palmen standen am Strand. Ihnen und dem kleinen Palmbaum genügte das, was sie aus dem Sandboden an Nahrung und vom Himmel an Feuchtigkeit bekamen.

Die kleine Palme liebte das Meer und die Musik des Wassers. Sie liebte den leisen Wind an den Spätnachmittagen und die plötzlich hereinbrechende, oft kalte Nacht mit ihrer schattenlosen Dunkelheit. Und sie liebte den Mond in den klaren Nächten, dessen Licht harte Umrisse malt und auf dem Meer lange Streifen zieht, die eine Ahnung von Unendlichkeit geben.

Der kleine Baum wußte, daß wenige Meter hinter ihm die Wüste war. Aber er hatte keine Vorstellung von ihr, er wußte nicht, was wasserlos und leer bedeutete. Er war ein kräftiger, glücklicher Palmenschößling.

Bis zu dem Tag, an dem der Mann kam!

Er kam durch die Wüste. Er war tagelang umhergeirrt, hatte sein Hab und Gut verloren und war vor Durst und Hitze fast um den Verstand gekommen. Seine Hände brannten wund vom vergeblichen Graben nach Wasser, und alles an ihm und in ihm war grenzenloser Schmerz. So stand er vor dem Wasser, vor dem endlosen, weiten, salzigen Wasser.

Der Mann warf seinen ausgedörrten Körper in das Wasser hinein, aber in seinem Mund mit den aufgerissenen Lippen und der dickpelzigen Zunge brannte der Durst, den das Salzwasser nicht stillen konnte. Da packte ihn ein rasender Zorn. „Ich habe Anspruch auf Wasser!“ schrie er. „Ich will leben, weil ich einen Anspruch darauf habe!“

Er griff nach einem großen Stein. Sein Zorn gab ihm Kräfte, die sein ausgedörrter Körper kaum noch hergeben konnte, und er schrie, schrie über die Grenzenlosigkeit des Wassers, schrie gegen die Unauslöschbarkeit der Sonne, schrie gegen die Wüste und hinauf zu den unerreichbaren Kronen der Palmen. Drohend hatte er den Stein erhoben. Seine Arme zitterten, und es schien, als wolle alle Kraft ihn endgültig verlassen. Da sah er neben den großen Palmen, zwischen Geröll und Sand, den Palmenschößling stehen, in hellem Grün und voller Hoffnung auf jeden neuen Tag.

„Warum lebst du?“ schrie der Mann. „Warum findest du Nahrung und Wasser, und ich verdurste hier? Warum bist du jung und schön? Warum hast du alles und ich nichts? Du sollst nicht leben!“

Mit aller noch vorhandenen Kraft preßte er den Stein mitten in das Kronenherz des jungen Baumes. Es knirschte und brach. Es war, als vervielfachte sich das Knirschen und Brechen bis in die Unendlichkeit der Wüste und des Meeres. Und dann kam eine entsetzliche Stille!

Der Mann brach neben der kleinen Palme zusammen. Zwei Tage später fanden ihn Kameltreiber – man erzählt, daß er gerettet wurde.

Von den Treibern hatte sich keiner um den kleinen, zerschmetterten Palmbaum gekümmert. Er war unter der Last des Steines fast begraben, sein Tod schien unausweichlich. Seine hellgrünen Fächerblätter waren abgebrochen, und in der heißen Glut der Sonne verdorrten sie schnell. Sein weiches Palmenherz war gequetscht, und der große Stein lastete so schwer auf dem zierlichen Stamm, daß er bei jedem leisen Windhauch abzubrechen drohte.

Doch der Mann hatte die kleine Palme nicht töten können. Er konnte sie verletzen, aber nicht töten.

Als sich in dem jungen Baum das entsetzliche Geräusch der brechenden Zweige, das Zerfasern der jungen Triebe und der brennende Schmerz zusammenballten, als alles eine ungeheure, wolkenähnliche Masse von Schmerz und immer wieder Schmerz war, da regte sich gleichzeitig, daneben, ohne Verbindung zum Schmerz und allen zerstörenden Geräuschen, eine erste kleine Welle von Kraft. Und diese Welle vergrößerte sich, fiel in die Wellenbewegung des Schmerzes, wuchs, machte die Pausen zwischen Schmerz und Wieder-Schmerz länger und länger, bis die Kraft größer wurde als der Schmerz.

Der Baum versuchte, den Stein abzuschütteln. Er bat den Wind, ihm zu helfen. Aber es gab keine Hilfe. Der Stein blieb in der Krone, dem Herzen der kleinen Palme, und rührte sich nicht.

„Gib es auf", sagte sich die kleine Palme, „es ist zu schwer. Es ist dein Schicksal, so früh zu sterben. Füge dich! Laß dich selber los. Der Stein ist zu schwer."

Aber da war eine andere Stimme, die sagte: „Nein, nichts ist zu schwer. Du mußt es nur versuchen, du mußt es tun."

„Wie soll ich es tun?" fragte die Palme, „der Wind kann mir nicht helfen. Ich stehe allein in meiner Schwachheit. Ich kann den Stein nicht abwerfen."

„Du mußt ihn nicht abwerfen", sagte wieder die andere Stimme. „Du mußt die Last des Steines annehmen. Dann wirst du erleben, wie deine Kräfte wachsen."

Und der junge Baum nahm in all seiner Not seine Last an und verschwendete keine Kraft mehr an das Bemühen, den Stein abzuschütteln. Er nahm ihn in die Mitte seiner Krone. Er klammerte sich mit langen, kräftiger werdenden Wurzeln in den Boden, denn er brauchte mit seiner doppelten Last einen doppelten Halt.

Dann kam der Tag, an dem sich die Wurzeln der Palme so tief gesenkt hatten, daß sie auf eine Wasserader stießen. Befreit schoß eine Quelle nach oben, und sie hat diesen Platz hier zu einem Ort der Freude und des Wohlstands gemacht.

Nun, als der Baum festen Halt im Grund hatte und dort dauernde Nahrung fand, begann er, nach oben zu wachsen. Er legte breite, kräftige Fächerzweige um den Stein herum. Man konnte manches Mal meinen, daß er den Stein beschütze.

Sein Stamm gewann mehr und mehr an Umfang, und mochten auch alle anderen Palmen am Strand höher und lieblicher sein, der Palmbaum, den die Leute bald die Steinpalme nannten, war unbestritten der mächtigste Baum. Seine Last hatte ihn aufgefordert, und er hatte den Kampf gegen seinen Kleinmut aufgenommen. Er hat diesen Kampf gewonnen. Er hat eine Quelle freigelegt, die seither den Durst vieler löscht, und, was sicher das Wichtigste ist, der Baum hat seine Last angenommen und hoch hinausgetragen. Sie liegt auch heute noch auf seinem Herzen, aber sie ist in seinem Dasein an eine Stelle gerückt, die sie tragbar macht. Nur die äußere Last erscheint uns untragbar. Ist sie angenommen, wird sie Teil von uns selbst."

Raman, der Erzähler, legte beide Hände an den Stamm der großen Palme. Das Feuer war fast niedergebrannt. Die Zuhörer verließen einer nach dem anderen den Platz. Nur einer blieb noch. Er war spät gekommen und hatte ein wenig abseits gesessen.

Er setzte sich nun zu Raman, und beide saßen lange ohne Worte.

„Ich bin der Mann, der den Stein auf die Palme gedrückt hat", sagte der Mann. „Ich hatte es vergessen, doch deine Erzählung weckte alles wieder auf. Was soll ich tun? Ich fühle Schuld."

„Dann trage diese Schuld wie der Baum den Stein", antwortete Raman. „Nimm die Schuld an. Versuche, soviel du vermagst, davon in Liebe zu verwandeln. Vergiß dabei nicht, daß Liebe etwas ist, was man tun muß. Es nützt nichts, sie nur zu erkennen und um ihre Notwendigkeit zu wissen. Liebe ist Leben und wächst allein aus dem Tun."

Die Männer saßen noch lange unter der Palme, und es war ein leichter Wind, der das Feuer wieder zum Brennen brachte.

Roland Kübler

Das Geheimnis des Türschlosses

In einem fernen Erdteil, weit im Osten, lebte einmal ein reicher und mächtiger Sultan. Kein Feind bedrohte sein Land, und niemand mußte hungern. Der Sultan wäre wohl der glücklichste Mensch gewesen, wenn ihn nicht eine große Sorge Tag und Nacht bedrückt hätte. Er fürchtete sich vor Dieben, Räubern und Mördern, die in seinen Palast eindringen könnten. Aus diesem Grunde beauftragte er einen angesehenen Baumeister, einen Palast mit uneinnehmbaren Mauern zu errichten, dessen einziges Tor mit Schlössern versehen werden sollte, die nur derjenige öffnen kann, der die passenden Schlüssel dazu hat. Der Baumeister plante drei Jahre und danach dauerte es drei mal drei Jahre, bis Palast, Mauern und Tor den Wünschen des Sultans gemäß errichtet worden waren. Als alle Arbeiten beendet waren, betrat der alte Baumeister den neuen Palast und sah sich alles genau an. Nichts war vergessen worden. Die Mauer konnte niemand übersteigen. Das Tor besaß neunundvierzig Schlösser, die keiner öffnen konnte, der nicht im Besitz der richtigen Schlüssel war. Sehr zufrieden ging der Baumeister nach Hause. Er legte sich wie gewohnt schlafen, aber in der Nacht bestimmte der große Geist der Welt, daß seine Uhr jetzt abgelaufen sei.

Die Kunde vom Tod des berühmten Baumeisters verbreitete sich schnell. Voller Entsetzen ritt der Sultan mit seinen Wesiren vor die Stadt, wo der neue Palast errichtet worden war. Herrlich glänzten die goldenen Kuppeln in der Morgensonne, drohend warfen die hohen Mauern dunkle Schatten in die Wüste, sicher und mächtig stand das große Portal, und die neunundvierzig Schlösser schienen den Sultan und die Wesire zu verspotten.

„Wir haben schon das ganze Haus des Baumeisters durchsucht. Es sind keine Schlüssel zu finden", sagten die Wesire zum Sultan. Dieser raufte sich die Barthaare und rief verzweifelt in den Himmel: „Warum konnte der Baumeister nicht wenigstens noch einen Tag länger leben?"

Die Wesire standen inzwischen vor dem großen, reich verzierten Tor. Niemals zuvor hatten sie solche Schlösser gesehen. Lange überlegten sie, dann sprachen sie: „Herrlicher Sultan, wir können diese Schlösser nicht öffnen – wir sind am Ende unserer Weisheit. Aber wir geben dir einen Rat: Laß überall im Lande verkünden, daß du am Tage des Vollmondes vor dem neuen Palast ein großes Fest geben wirst, und derjenige, der die Schlösser bezwingen kann, soll eine fürstliche Belohnung erhalten."

Dem Sultan schien dies ein guter Vorschlag zu sein. Noch am selben Tag ritten die Boten in alle Himmelsrichtungen. In jeder Stadt, in jedem Dorf, bei jeder kleinen Hütte verkündeten sie, was ihnen die Wesire aufgetragen hatten.

Der Tag des satten Mondes war angebrochen. Schon in aller Frühe drängten sich die Menschen auf dem weiten Platz vor dem neuen Palast. Voller Ehrfurcht bestaunten sie das gewaltige Tor mit den neunundvierzig Schlössern – nach und nach wichen dann fast alle wieder zurück, denn dieser Aufgabe fühlten sie sich doch nicht gewachsen.

Nur wenige Männer und Frauen blieben nahe dem Tor stehen. Der Sultan trat zu ihnen: „Wer von euch dieses Tor öffnen kann, soll niemals mehr in seinem Leben arm sein. Ich werde ihm ein großes Haus bauen lassen, und ein Viertel meiner Schatzkammer wird ihm gehören." Ein Mann trat vor. Sein Gesicht war von einer dunklen Kapuze verdeckt. An seinem Gürtel hingen Schlüssel, seltsam geformte Ringe und Drähte. Er war Zunftmeister aller Diebe im Lande des Sultans. Der vermummte Mann trat vor das Tor und musterte aufmerksam die komplizierte und verwirrende Vorrichtung der neunundvierzig Schlösser. Endlich fingerte er einen seltsam gebogenen Draht aus einer Tasche und führte diesen vorsichtig in eines der Schlüssellöcher ein. Behutsam begann er den Draht zu drehen, aber es rührte sich nichts. Der Zunftmeister versuchte es mit allen Schlüsseln und Werkzeugen, die er bei sich trug. Aber weder gebogene Drähte noch kostbare goldene und silberne Schlüssel, weder kleine Zangen noch einige seltene, geheimnisvolle, rostige alte Werkzeuge halfen dem Dieb der Diebe, auch nur eines der neunundvierzig Schlösser zu bewegen. Er rüttelte an dem goldenen Türgriff und versuchte, das Portal mit Gewalt aufzureißen. Nicht einmal einen Finger breit öffnete sich die Tür des

Palastes. Mißmutig trat der Zunftmeister aller Diebe zurück zum Sultan: „Ich habe alles versucht, was mir jemals beigebracht worden ist, aber es gibt Schlösser, die selbst mir den Zutritt verwehren."

Der Sultan sprach: „Gibt es hier niemanden, der mir diese Schlösser öffnen kann. Wem es auch immer gelingt, er erhält die Hälfte meiner Schatzkammer, mein Lieblingspferd und soll als Wesir zu meiner Rechten sitzen." Ein steinalter Zauberer trat vor. Der Bart reichte ihm bis über den Nabel, und die buschigen Augenbrauen verdeckten fast die Augen. Langsam, fortwährend Beschwörungen murmelnd, näherte er sich dem gewaltigen Tor. Nachdem er die Schlösser genau betrachtet hatte, tastete er unter seinen weiten Umhang und holte drei kleine, fest verschlossene Fläschchen hervor. Vorsichtig träufelte er einige Tropfen aus jedem Fläschchen auf die neunundvierzig Schlösser. Zischend und dampfend vermischten sich die Flüssigkeiten. Die Schaulustigen wichen erschrocken einige Schritte zurück. Der Dampf verzog sich, aber an den Schlössern hatte sich nichts verändert. Verärgert warf der Alte einen bösen Fluch gegen die Tür, drehte sich um und verschwand in der Menge.

„Mein alter Palast und alles, was darin ist, die Hälfte meines Schatzes, mein Lieblingspferd und die Hand meiner Tochter demjenigen, der die Schlösser dieses Tores öffnet", rief der Sultan.

Der Lehrer aller Magier schritt zum Tor. Flehentlich hob er die Hände, um den Segen seiner Götter und Geister zu erbitten. Mit magischen Sprüchen rief er sie an seine Seite. Dann befahl er allen ihm dienstbaren Geister, die Schlösser des Tores zu öffnen. Es rumpelte und knirschte in den neunundvierzig Schlössern, aber sonst geschah überhaupt nichts. Auch die Macht des Lehrers aller Magier hatte versagt.

Drei Hexen traten auf den Sultan zu: „Weißt du, mächtiger Sultan, wir würden es ja gerne versuchen, aber statt deiner Tochter wollen wir deinen erstgeborenen Sohn als Belohnung!"

In seiner Verzweiflung willigte der Sultan ein, und die Hexen zogen sich zur Beratung und Vorbereitung ihrer Kunst zurück. In der Nacht, als der Mond satt und rund über dem großen Tor hing, kehrten die Hexen zurück. Sie entzündeten ein gewaltiges, wild züngelndes Feuer vor dem Tor. Der Sultan und alle Schaulustigen wichen hastig vor dem Flammenschein des Hexenfeuers zurück. Drei Stunden tanzten die Hexen um das Feuer und sangen Lieder in einer geheimen Sprache. Dann nahm sich jede von ihnen einen noch brennenden Ast. Wie Glühwürmchen sprühten Funken im Wind und geisterten durch das Haar der Hexen, als sich diese dem Tor näherten. Die Flammen konnten ihnen nichts anhaben. Vor dem Tor verbeugten sie sich, wisperten ihren Zauber und berührten mit den glühenden Ästen die neunundvierzig Schlösser. Wieder ächzte, rumpelte und stöhnte es schwer darin. Aber als die Hexen zurücktraten, sahen der Sultan und alle anderen, daß sich nichts am Tor verändert hatte. Wütend warfen die Hexen die glühenden Äste in den Sand: „Wir sind machtlos gegen diese Kunst, eine Tür zu verschließen", sagten sie zum Sultan, dann verschwanden sie in der Nacht.

„Gibt es denn hier niemanden, der diese Tür öffnen kann?" schrie der Sultan in die Menge der Schaulustigen. „Wer das Tor öffnet, dem soll dieser ganze Palast gehören. Ich will ihn nicht mehr!"

Als nach und nach alle zurücktraten, rannte ein Kind auf das Tor zu. Noch bevor der Sultan oder die Wesire es aufhalten konnten, stellte es sich auf die Zehenspitzen, hangelte sich hoch zum großen goldenen Türgriff, drückte ihn nach unten und stemmte sich mit seiner ganzen Kraft gegen einen Flügel des Tores. Verblüfft bemerkten die Schaulustigen, wie der Torflügel leicht und geräuschlos nach innen aufschwang.

Ohne Zögern betrat das Kind den Palast. Der Sultan und die Wesire starrten sich fassungslos an, sanken langsam in den Wüstensand und stellten fest, wie grenzenlos Beschränktheit doch sein kann – und wie oft doch verschlossene Türen nur in einem selber sind.

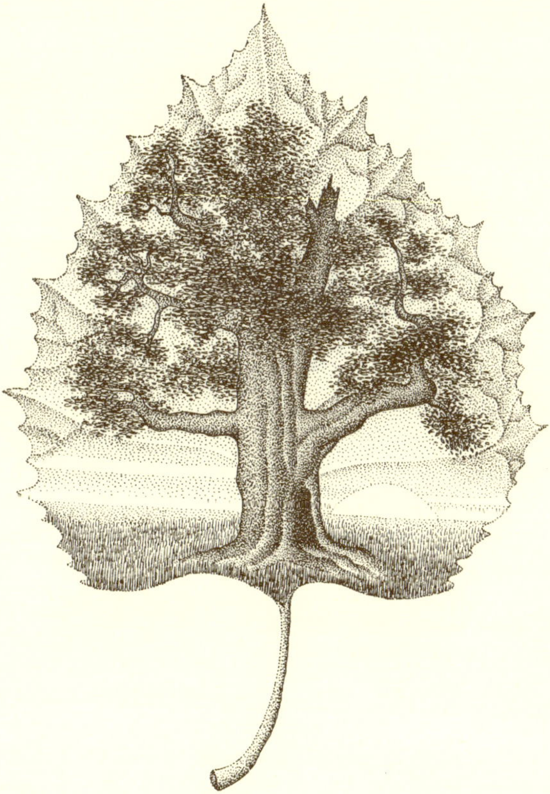

Bert Losse

Der kleine Weg zum Frieden

Eines Tages beschlossen drei, die sich mehr Gedanken als andere machten, die Welt zu verbessern.
Der erste ging zu den Völkern im Osten und Westen, sprach auf Versammlungen und großen Plätzen über Frieden und Verständigung. Und siehe da: Die Völker im Osten spendeten Beifall, und die Völker im Westen spendeten Beifall – die einen so laut wie die anderen.

Doch eine Woche später kam ein Fremder zu den Völkern im Osten und Westen und sprach auf Versammlungen und großen Plätzen von Bedrohung und von Pflichten gegenüber dem Vaterland. Und siehe da: Die Völker im Osten spendeten Beifall, und die Völker im Westen spendeten Beifall – die einen so laut wie die anderen.

Der zweite sammelte Geld. In allen großen und kleinen Städten sammelte er wochenlang, monatelang, jahrelang – bis er einen riesigen Betrag zusammen hatte, den er zu verschenken gedachte. Und er teilte auf: Ein Viertel für die Kirche; ein Viertel für ein Land, das Hunger litt; ein Viertel für die kranke Frau, die er im Treppenhaus getroffen hatte; ein Viertel für Menschen, die Bäume, Wiesen und Tiere zu schützen versuchten.

Die Kirche freute sich über das Geld und bekehrte damit Ungläubige. Das Land, das Hunger litt, freute sich über das Geld, besonders sein Präsident, und ganz besonders dessen Frau. Die kranke Frau aus dem Treppenhaus freute sich auch über das Geld und konnte endlich die teure Behandlung bezahlen. Leider war es schon zu spät. Und die Menschen, die Bäume, Wiesen und Tiere zu schützen versuchten, freuten sich ebenfalls über das Geld. Sie konnten damit Millionen von Papieren bedrucken und verteilen, in denen sie alle Bürger des Landes aufforderten, Bäume, Wiesen und Tiere zu schützen. „Recht haben sie, diese Leute“, meinte jemand, verwöhnte seinen Dackel und mähte den Rasen.

Der dritte ging in den nahen Park und setzte sich dort auf eine Bank.

„He, du?“ sagte ein kleiner Mensch von fünf Jahren und kletterte neben ihn.

„Guten Tag“, sagte der dritte.

„Das ist meine Bank!“ sagte der kleine Mensch.

„Hmm“, sagte der dritte und kramte verlegen in seinen Hosentaschen. Zwei vergammelte Bonbons kamen zum Vorschein. „Kannst ja eins haben.“

„Joooh.“

Der dritte und der kleine Mensch betrachteten angestrengt ihre Schuhe.

Der kleine Mensch malte mit seinen Zehen Kreise in die Luft: „Kannst auch ein Stück von meiner Bank haben.“

Schweigend saßen sie dann lange Zeit nebeneinander und lutschten leise an ihren Bonbons herum.

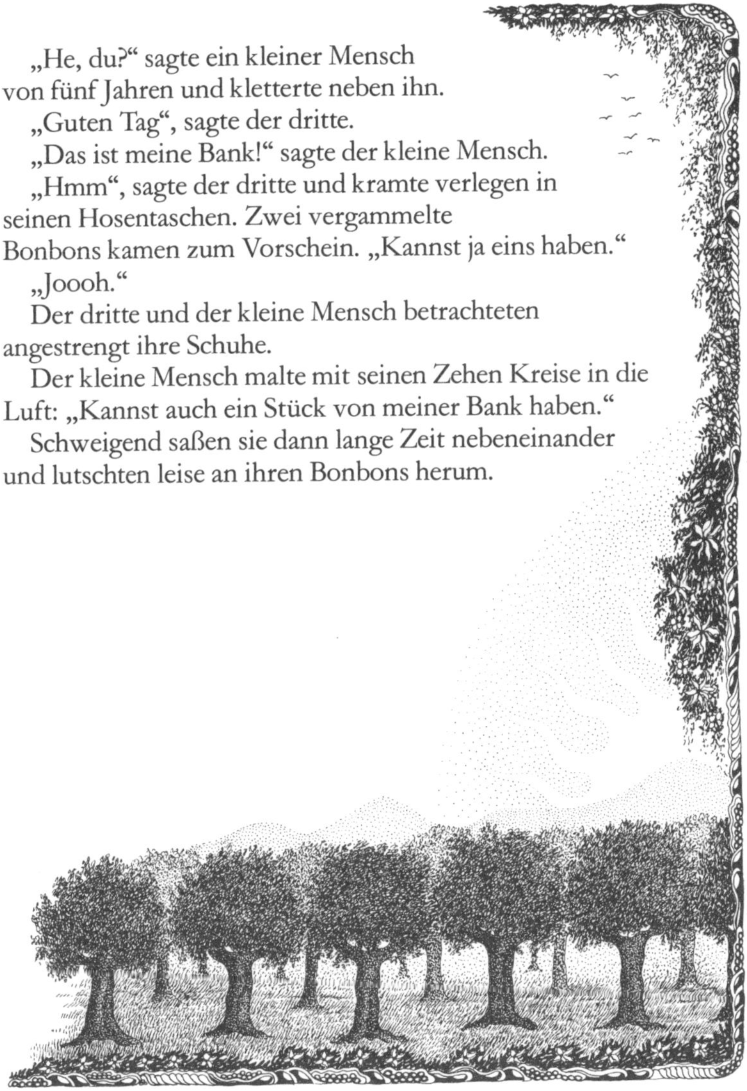

Autoren- und Quellenverzeichnis

Heinz Körner (Herausgeber)
Jahrgang 1947, lebt im Remstal bei Stuttgart. Bisherige Veröffentlichungen: JOHANNES (1978); EIFERSUCHT (hrsg. 1979); HEROIN (hrsg. 1980); EIN MÄRCHEN (1981); DIE FARBEN DER WIRKLICHKEIT (hrsg. 1983); MÄNNERTRAUM/A (hrsg. 1984).

Roland Kübler (Herausgeber)
Jahrgang 1953, lebt im Remstal bei Stuttgart. Gemeinsam mit Heinz Körner hat er den ersten Band dieser Märchen für Erwachsene DIE FARBEN DER WIRKLICHKEIT (1983) veröffentlicht und die Anthologie MÄNNERTRAUM/A (1984) herausgegeben.

Manfred Eichhorn
1951 in Ulm geboren, lebt auch heute noch dort als Buchhändler und Autor. Er veröffentlichte mehrere Lyrikbände (der neueste erschien 1985 unter dem Titel ALLES IST ANDERS) und einen Kurzroman. An vielen Anthologien, Kinderjahrbüchern und Lesebüchern hat er mitgearbeitet und außerdem selbst zwei Anthologien herausgegeben.

Wolfram Eicke
geboren 1955, arbeitete nach einer journalistischen Ausbildung drei Jahre lang bei der BBC in London, danach beim Funk in Berlin, Baden-Baden und Hamburg. Seit 1984 lebt er als freier Schriftsteller in Lübeck.

Bert Losse
Jahrgang 1965, Abitur, Zivildienst bei der Johanniter-Unfall-Hilfe. Er lebt in Blecher bei Leverkusen und möchte gerne Journalist werden. Sein Märchen entstand nach einem persönlichen Erlebnis.

Pet Partisch
Jahrgang 1924, lebt in Nahe bei Segeberg. Dort wurde sie 1981 auch Mitbegründerin eines kleinen Verlages. Sie war eine selbständige, erfolgreiche Unternehmerin im Werbefach mit dem Ziel, die reiferen Jahre ihres Lebens dem zu widmen, was sie schon als Kind wollte: Schreiben! Ihr Bemühen ist es, in das Meer aller negativen Denkweisen unserer Zeit Tropfen von Hoffnung zu geben.

Herbert Deinhard
lebt in Plochingen und hat sich durch seine Illustrationen in den Büchern DIE FARBEN DER WIRKLICHKEIT (1983) und WENN'S DOCH NUR SO EINFACH WÄR (1984) zahlreiche Freunde geschaffen; er versteht seine Arbeit auch als einen Beitrag für den Frieden.

Anthea Fritsch (Titelillustration)
1947 in England geboren, lebt seit 1969 in Fellbach bei Stuttgart als Mutter, Hausfrau und freischaffende Künstlerin. Sie war mehrfach an Ausstellungen beteiligt und hatte 1985 die erste eigene Ausstellung.

Swami Prem Joshua
arbeitet als Grafiker, Musiker, Wald- und Bauarbeiter. Er hat bereits mehrere Bücher für den Lucy Körner Verlag illustriert. Seit 1979 lebt er als Sannyasin in verschiedenen Wohngemeinschaften.

Ralph Schröder
1955 in Wiesbaden geboren, lebt heute in Frankfurt. 1977 begann er erstmals mit graphischen Arbeiten, die für ihn heute ein Teil Selbstverwirklichung sind. Neben einer Ausstellung in Augsburg (1980) hat er schon mehrfach als Illustrator gearbeitet.

„Der alte Zigeuner" enthält auch ein Märchen, das auf alten Überlieferungen beruht und z. B. schon in dem Buch TAIKON ERZÄHLT ZIGEUNERMÄRCHEN (aufgez. v. C. H. Tillhagen, Artemis Verlag) veröffentlicht wurde („Die Alte, die auf den lieben Gott wartete").

„Die Steinpalme" entstand nach einer alten Überlieferung aus der Sahara. „Das Geheimnis des Türschlosses" und „Wahrheit ist unteilbar" entstanden nach alten orientalischen Überlieferungen (siehe auch in DER KAUFMANN UND DER PAPAGEI von N. Peseschkian, Fischer TB 3300).

Drei Märchen dieses Buches gibt es auch als Einzelhefte: „Der Gesang des Wales" erscheint im Lucy Körner Verlag (7012 Fellbach) in einer handgeschriebenen und illustrierten Fassung. „Der kleine Tag" und „Die Steinpalme" gibt es jeweils im Verlag Partisch + Ziemann (2362 Wahlstedt). Alle drei Hefte sind in jeder guten Buchhandlung erhältlich.